Christian K. L. Fischer • GIRL RELOADED

DER AUTOR

Christian K.L. Fischer, geboren 1974 in Berlin, arbeitet schon immer mit Texten – als Redakteur und Freier Musikjournalist für verschiedene Magazine, Online-Medien und Chefredakteur des Musikmagazins SCHALL, als Drehbuchautor, Lektor, doch vor allem als Schriftsteller. Nach zwei Stipendien, der Veröffentlichung eines Romans für Erwachsene (als CKLKH Fischer) und der Nominierung für den Kurd-Laßwitz-Preis erscheint mit GIRL RELOADED das erste Jugendbuch des Autors.

Christian K. L. Fischer

GIRL RELOADED

cbt

cbt
Kinder- und Jugendbuchverlag
in der Verlagsgruppe Random House

MIX
Papier aus verantwortungsvollen Quellen
FSC® C014496
FSC
www.fsc.org

Verlagsgruppe Random House FSC® N001967
Das für dieses Buch verwendete
FSC®-zertifizierte Papier *Pamo House*
liefert Arctic Paper Mochenwangen GmbH.

1. Auflage
Originalausgabe Juli 2015

Umschlaggestaltung: Carolin Liepins, München
Umschlagmotiv: Shutterstock © Igor Yanovskiy
mi · Herstellung: kw
Satz: Buch-Werkstatt GmbH, Bad Aibling
Druck und Bindung: GGP Media GmbH, Pößneck
ISBN: 978-3-570-30989-6
Printed in Germany

www.cbt-buecher.de

»Nächster Versuch.«

DIE OFFENBARUNG DER AENEA

TUTORIAL

Speicherpunkt erreicht …

SPIELSTAND GESPEICHERT!

Es ist drei Uhr zwanzig, morgens. Sie sollte seit mindestens vier Stunden schlafen. Sie muss in drei Stunden aufstehen. Ihre Eltern träumen bestimmt, beide schlafen tief und fest ihren gerechten, erwachsenen Schlaf.

Helen aber spielt noch.

Obwohl sie ziemlich müde ist und obwohl keiner ihres Teams mehr online ist und sie keine Lust hat, sich heute mit fremden Trollen rumzuärgern, will sie einfach noch etwas spielen. Das braucht sie gerade. Also ist sie ausnahmsweise nicht online, sondern wieder in der alten Solokampagne, zum vierten Mal. Sie kennt die fast auswendig. Sie weiß, was passieren wird und wie sie handeln muss. Wo die Bedrohungen lauern. Es ist genau das, was sie jetzt braucht.

Speicherpunkt erreicht …

Das einzige Licht im Zimmer kommt vom Fernseher. Helen sitzt im Schneidersitz vor dem Flatscreen, gebeugt wie ein Eichhörnchen, vermutet sie. Die X-Box One summt leise. Ein kleines Lied, nur für sie. Ein bisschen monoton, aber sie nennt das progressiv. Der Bildschirm ist groß wie ein Fenster. Der Ausblick geht auf eine Stadt, die in einer steinigen Wüste steht. Helle Häuser aus Lehm und Stein. Es ist dort später Abend, mit einem rotem Sonnenuntergang und ganz viel Lensflare. Helikopter kreisen über den Dächern. Die Häuser brennen oder sind schon ausgebrannt, die anderen Häuser werden noch brennen. Kriegsgebiet.

Die Terroristen sind im allgemeinen schnell erledigt, aber Helen spielt heute auch nicht auf dem höchsten Schwierigkeitsgrad. Sie muss sich dringend entspannen. Frustmomente vermeiden. Noch mehr Ärger kann sie nicht gebrauchen. Nicht ertragen. Nicht heute. Der ganze Tag war Mist gewesen. Schrecklicher, schrecklicher Mist. Und ja, eigentlich muss sie schlafen, sonst wird der neue Tag auch nicht besser werden.

Das ist ihr aber gerade völlig egal.

Speicherpunkt erreicht …

Zwei Terroristen zerplatzen. Sie hat jetzt keine Granaten mehr. Das ist auch Mist.

Mist ist außerdem, dass Helen nicht aufhören kann, zu denken. Sie spielt deshalb viel zu unkonzentriert. Gutes Spielen ist wie Meditation. Oder wie der Zustand beim Joggen, wenn der magische Punkt erreicht ist und der Körper ganz von selbst läuft. Aber sie ist das Gegenteil von Zen.

Sie ist Nez.

Als sie vorhin noch mit ihrem Team im Multiplayer unterwegs war, haben sie nur verloren. Was ihre Schuld gewesen ist. Keiner der Jungs wird es ihr natürlich je vorwerfen – die sind viel zu stolz, dass sie ein echtes Mädchen im Team haben, eines das sogar gut aussieht. Aber sie weiß, wie schlecht sie gespielt hat. Das genügt. Ihr Team ist wegen ihr im Rang gesunken. Nicht nur um einen Platz. Was sie maßlos ärgert.

Plötzlich taucht der Jeep mit dem fest installierten schweren MG auf. Drei Mann Besatzung, mit Tüchern vor dem Gesicht. Einer fährt, einer bedient das MG, der dritte fuchtelt mit einer AK-47 herum. Obwohl sie das Spiel schon so oft durchgespielt hat, kommt der Angriff überraschend. Sie hatte den Jeep einfach vergessen. Bevor sie reagieren kann, schießen die Terroristen bereits. Alles wird blutrot. Es sieht aus, als würde Marmelade den Bildschirm verkleistern.

MISSION GESCHEITERT!

»Scheiße«, murmelt sie. Fast hätte sie den Controller durch das Zimmer geworfen.

Letzter Spielstand wird geladen …

Am liebsten würde Helen den ganzen Tag noch einmal neu laden.

Das Gestern neu laden, denkt sie.

Wenn sie noch einmal anfangen würde, könnte sie es vorsichtiger angehen. Und sie wäre vorbereitet. Sie würde wissen, wo die MGs auf sie warten, sozusagen. Der blöde schriftliche Test. Der Streit mit ihrer Mutter. Doch vor allem: Georg. Wenn sie daran denkt – und sie denkt ununterbrochen daran – ist sie zornig. Wütend. Auf sich und die anderen. Auf das Leben vor allem, auch wenn das ziemlicher Unsinn ist. Aber ihr Zorn ist kein Unsinn. Warum muss das alles so schwer sein?

Außerdem hat sie ein bisschen Angst vor morgen.

Nicht morgen, korrigiert sie sich. Heute. Nachher. In nur zwei Stunden ungefähr. In hundertzwanzig Minuten wird es weitergehen, ob ihr das gefällt oder nicht. Dann muss sie aufhören zu spielen, und wieder da hinaus, in die Welt.

Doch Helen will immer noch nicht schlafen. Sie

muss sich noch um ein paar Terroristen kümmern. Die müssen büßen. Für alles. Die Tasten des Controllers haben feine schwarze Ränder aus Dreck.

Der Jeep ist jetzt kein Problem mehr. Sie hat sich einfach eine Granate aufgehoben und ihm diese vor den Kühlergrill geschossen. Helen gähnt, sie kann nicht anders. Ihr Rücken tut ihr weh. Die Eichhörnchenhaltung ist nicht gut. Der Controller ist klebrig. Sie ist so müde und noch immer so sehr in Gedanken über den letzten Tag vertieft, dass sie nur starrt. Gerade hat sie nebenbei eine neue Errungenschaft freigeschaltet, für welche Leistung auch immer. Sie hat es nicht mitbekommen. Ihre Augen sind kaum in der Lage, den Ereignissen auf dem Bildschirm zu folgen.

Aber trotzdem:

Speicherpunkt erreicht …

Gerade sitzen, erinnert sie sich. Hinter dem nächsten Hügel die Flak, erinnert sie sich. Georg, das Arschloch, erinnert sie sich. Noch neunzig Minuten, bis der Wecker neben ihrem Bett klingeln wird.

Die Augen fallen ihr fast von selbst zu.

Speicherpunkt erreicht …

Einfach neu laden, denkt sie.

LEVEL EINS

Der Morgen begann wie jeder andere Schultag auch. Der Wecker des Smartphones spielte den Walkürenritt von Wagner. In einer Lautstärke, die gerade so genügte, sie aus dem Schlaf zu ziehen. Helen rieb sich die Augen. Sie streckte sich, um auch den Rest ihres Körpers zu wecken. Sie spürte die Muskeln an ihrem Rückrat. Zehenwackeln. Dafür, dass sie nur eine gute Stunde geschlafen haben konnte, fühlte sie sich gut. Fit wie ein Turnschuh sogar. Nicht mal die Augen waren verklebt. Da war nur das Ende des Traumes, das sie noch mit sich zog. Das Letzte, woran sie sich deutlich erinnerte:

Letzter Spielstand wird geladen …

Vielleicht hatten ihre Eltern ja doch recht. Sie verbrachte zu viel Zeit mit diesem Zeug.

Helen überlegte, ob sie noch fünf Minuten im Bett bleiben sollte. Einfach nur so. Aber das würde nichts ändern. Das würde es nur schwerer machen. Das kannte sie zur Genüge. Also aufstehen. Bring es hinter dich, dachte sie. Helen stellte die Weckerfunktion aus. Dabei entdeckte sie eine neue SMS. Wieder von Hannes, natürlich, wem sonst. Die Botschaft lautete: »gg«.

Das hieß »good game«.

Wirklich? War das sein Ernst? Wollte Hannes sie veralbern? So schlecht wie gestern Nacht war sie noch nie gewesen. Ein Desaster, wie gesagt. Eher sogar noch eine Sabotage. So schlecht, als wäre es mit Absicht gewesen. Nez.

Andererseits, Hannes war nicht der Typ, der sie veralberte. Hannes war heimlich in sie verliebt – und er war nicht sehr gut darin, dabei heimlich zu sein. Er war noch immer verblüfft von seinen Gefühlen, keine Frage. Das sah sie. Hannes wusste gar nicht, wie ihm geschah. Denn Hannes war nicht nur ein Nerd. Er war viel mehr als das. Er könnte sogar die Vorlage für das Mahnmal des Nerds abgeben. Deswegen würde er nach so einem katastrophalem Spiel auch niemals ein »gg« schicken, egal wie sehr er in sie verknallt war.

Hat er aber doch.

Himmel und Nerv, es war viel zu früh, um sich darüber Gedanken zu machen!

Helen streckte sich noch einmal. Ihr Zimmer war

gerade groß genug dafür. Dann taumelte sie ins Bad. Kalte Kacheln unter den nackten Fußsohlen.

Aus der Küche hörte sie die ewigen typischen Geräusche des Morgens. Ihre Mutter werkelte herum. Das Radio war leise, aber die Stimme des immer gut gelaunten Moderators setzte sich sogar gegen den Milchaufschäumer durch. Wahrscheinlich nahm der Mann XTC, bevor er ins Studio ging, anders war so etwas nicht zu erklären. Dann folgte Musik.

Gähn.

Clerasil, dachte Helen, als sie in den Spiegel sah. Peeling und Schlammmaske, dachte sie. Spitzen schneiden. Aber nicht mehr diese Woche. Nächste. Vielleicht. Sie gähnte sich wieder an. Und Zahnarzt, dachte sie.

Vielleicht auch einfach die Haare wieder wachsen lassen, dann könnte man sich dahinter verstecken. Aber dann sähe sie wieder aus wie ein Püppchen. Mit diesen hohen Wangenknochen und dieser zum Erbrechen stupsigen Nase, die jeden darauf hinwies, wie süß sie doch war. Sie könnte ja die Hälfte ihrer blöden angeschwollenen Labello-Lippen einfach abschneiden und unter die Haut der Nasenflügel stopfen – zwei Fliegen mit einer Klappe …

Sie streckte sich die Zunge heraus. Mit dickem weißem Belag. Immerhin. Sehr schön.

»Beeilst du dich?«, rief ihre Mutter. Dieser Satz war das Erste, was sie von ihr hörte, jeden Tag eigentlich. Das hatte nichts zu bedeuten, das war ein Ritual.

Helen bemerke, dass die Klamotten von gestern – das zwei Nummern zu große weiße V-Neck und die schwarze Hose – fein säuberlich zusammengelegt im Schrank warteten. Ihre Mutter war also noch kurz bei ihr im Zimmer gewesen und hatte aufgeräumt? Heimlich dreckige Wäsche zusammengelegt, um fünf Uhr morgens? Von mir aus, dachte Helen. Die große Überraschung: Geruchstest – bestanden. Mit Auszeichnung. Komisch, dabei hatte sie gestern ordentlich geschwitzt.

»Morgen, Schatz.«

»Morgen.«

Helen setzte sich an den Küchentisch. Das gelbblaue Ikea-Tischtuch aus Kunststoff beleidigte ihre Augen.

»Hast du Hunger?«

»Nein.«

Das morgendliche Ritual, zweiter Teil. So verlangte es das Protokoll:

»Iss wenigstens eine Banane.« Ihre Mutter hatte einen zarten Milchschaumbart.

»Ich ess wenigstens eine Banane.«

Der Moderator flötete zugedröhnt und gut gelaunt von der Gelegenheit, zehntausend Euro zu gewinnen. Der erste Anrufer, der den Titel des nächsten Hits wusste, gewinnt den Jackpot. Es war die gleiche dumme Frage und das gleiche dumme Spiel wie gestern. Man konnte nicht behaupten, dass dieser Sender seine Hörer überschätzte.

»Gut geschlafen?« Ihr Mutter stellte ihre Fragen, ohne dass Helen angesehen wurde. Ebenfalls alles ganz automatisch. Die ganz normale Monotonie. Wie ein ewiger, öder, normaler Prasselregen an einem grauen, stillen Tag.

Ihre Mutter war wieder abwesend. Sie war im Raum, aber irgendwie doch nicht. Sie werkelte leicht vorgebeugt auf der Arbeitsplatte herum, als würde sie gar nicht merken, was sie tat. So automatisiert wie Helen spielte, wenn sie gut spielte. Zwischen der Yogahose und dem flauschigen Oberteil sah man einen Teil vom Arschgeweih der Schande, wie es ihre Mutter selbst nannte.

Ihre Mutter schaute kaum auf. Seit zwei Wochen

war sie so. Oder sogar noch länger. Vor zwei Wochen war es Helen zumindest das erste Mal aufgefallen. Es war fast, als wäre ein Geist in der Küche. Anfangs war das Helen sogar recht gewesen – je weniger Aufmerksamkeit man ihr schenkte, desto lieber war es ihr. Doch so langsam begann es eigenartig zu werden. Ein wenig unheimlich.

»Ja. Ganz gut«, antwortete sie. Was ja sogar stimmte. Dass so wenig Schlaf so gut tun konnte? Das eröffnete ganz neue Horizonte. Helen biss ein Stück von der Banane ab. Zu reif, für ihren Geschmack. Sie mochte ihre Bananen mit einem leichten Grünstich.

Dann spielte der Moderator wieder genau diesen dummen Lady Gaga Song, den er schon gestern um diese Zeit gespielt hatte. Helen stöhnte in sich hinein. Das ist keine Musik für diese Uhrzeit, dachte sie.

»Bekomm ich nicht auch einen Kaffee?«

Ihre Mutter antwortete nicht und stellte ihr stattdessen wieder den Mittwochs-Früchtetee vor die Nase. Das nächste Déjà-vu.

»Haben wir nicht gesagt, Tee nur einmal die Woche?«, beschwerte sich Helen.

»Haben wir, aber dann musst du ihn auch trinken.«

Ihre Mutter lächelte. Ein Lächeln wie hinter einem Schleier.

»Aber das habe ich schon gestern.«

Der Familien-Deal Nr. 22: Montags Saft der Saison, Dienstags Kakao, Mittwochs Tee nach Angebot, Donnerstags Kaffee und dafür am Freitag Wunschgetränk. Was fast immer der zweite Kaffee der Woche war. Ihre Forderung nach »Wodka-Red-Bull« war nicht gut angekommen. Samstags und sonntags: nur ekligen Malzkaffee. Zumindest für sie.

Struktur ist eine Tugend, sagte ihre Mutter.

»Gestern war Kau-kau, Schatz.«

Wohl, weil sie selbst nicht genug Struktur bekommen hatte. Siehe: Arschgeweih der Schande. Das hat sie sich, wenn Helen sich recht erinnerte, mit fünfzehn stechen lassen. Zumindest ungefähr in diesem Dreh. Es war mittlerweile nicht nur eine Peinlichkeit, es sah auch alt aus. Die Farbe verblasste und die Form zerfaserte.

Aber sich deshalb grundlos und zwanghaft irgendwelche Strukturen auszudenken …

Außerdem:

»Gestern war schon dein Tee!«, beharrte Helen.

In diesem Moment wurde eine Anruferin durchgestellt. Der Moderator kippte vor Freunde fast von seinem Stuhl.

»Hallihallo?«, gluckste er. »Welchen Glückspilz haben wir denn da an diesem wunderschönen Morgen?« Das hatte er gestern auch so gesagt, erinnerte sich Helen. Mit der tiefen, komischen Weihnachtsmannstimme, wohl weil es gleich Geschenke geben würde.

»Frederike«, sagte Frederike, die gestern auch schon angerufen hatte. Frederike klang schrecklich aufgeregt. Sie hatte wohl ihren Kaffee bekommen.

»Schatz, du trinkst bitte deinen Tee. Wir haben eine Abmachung und du hast versprochen, dich daran zu halten.« Wenn ihre Mutter mit ihr sprach, fühlte sich Helen locker fünf Jahre jünger. Als wäre sie noch ein Kind. Schon das »Schatz« war kaum noch zu ertragen, aber das hatte Helen ihr noch nie gesagt. Musst du aber irgendwann machen, mein Schatz, dachte sie. Irgendwann sehr bald.

»Wie lautet deine Glücksantwort?«, fragte der Moderator.

Frederike nannte ihre Glücksantwort. Dann tönte eine Fanfare und Frederike schrie vor Glück.

Genau wie gestern.

Das wurde langsam eigenartig.

Helen sah sich um.

Ihre Mutter trug auch die gleichen Sachen wie gestern. Neben dem Abwasch stand das benutzte Geschirr von Vater, der meist pünktlich, wenn Helens Wecker klingelte, das Haus verließ. Sie hatte ihn noch gehört. Beziehungsweise wie die Wohnungstür ins Schloss gefallen war. Der Rest von seinem Rührei erschien Helen dem von gestern sehr ähnlich. Der Tee schmeckte genauso langweilig wie gestern. Aber das musste nichts heißen, der schmeckte immer so. Doch der Tag war ebenso sonnig wie gestern. Und sie erinnerte sich plötzlich, dass Hannes ihr auch gestern diese »gg«-SMS geschickt hatte. Die Nacht davor hatten sie aber auch jede Runde gewonnen. Der linke Toast im Korb war schwer angebrannt. Nur der. Wie gestern. Daneben der Rest Butter, der eigentlich mittlerweile alle gewesen war.

Plötzlich wusste Helen auch, dass das nächste Lied antike Musik sein würde. Die Beatles mit »Love Me Do«. Ihr Mutter würde mitsingen, ganz leise.

Helen wartete einige Sekunden. Sie tat nichts weiter, als darauf zu warten, dass der Ansager die Klappe hielt. Denn wenn sie recht hatte, bedeutete das nicht …?

»Love, love me do / you know I love you …«

Wie konnte das sein?

Es war ja nicht so, dass sie Hellseherin geworden war. Das war alles bereits schon geschehen. Das hier war Vergangenheit.

Das hier war gestern.

Helen konnte sich auch überhaupt nicht erinnern, dass sie ins Bett gegangen war. Sie ist doch vor dem Bildschirm weggenickt? Bei laufender Spielkonsole, mit dem Controller in der Hand. Doch trotzdem ist sie in ihrem Bett aufgewacht.

Das Letzte, was sie geträumt hatte, war, dass ein Spielstand geladen wurde.

Gestern ist heute, dachte Helen.

Irgendwo hatte sie sich abgespeichert.

Es war nicht zu bestreiten.

Wo auch immer und wie auch immer.

Und wenn das nicht zu bestreiten war, dann müsste sie diesen Speicherstand doch genauso wieder finden und jederzeit wieder abrufen können, oder? Sie stellte die Tasse mit dem Tee ab.

Das war doch ein völlig lächerlicher Gedanke.

Oder?

»Bin gleich wieder da«, sagte sie zu ihrer Mutter.

Letzten Spielstand laden, dachte sie einfach.

Letzter Spielstand wird geladen ...

Sie öffnete die Augen, während aus ihrem Handy der Walkürenritt von Wagner tönte. Sie lag im Bett. Sie nahm das Handy.

Eine SMS von Hannes: »gg.«

Dann strampelte Helen die Bettdecke weg und begann zu lachen.

*

Als Helen wieder im Bad war – sie musste genauso dringend pinkeln wie beim ersten Erwachen – stellte sie sich die Frage, wann der nächste Speicherpunkt kommen würde. Vielleicht erst in der kommenden Nacht. Vielleicht schon in einer Stunde. Sie musste aufpassen, wie die Regeln dieses Spiels sein würden. Aber sie wusste schon jetzt, dass sie das Spiel liebte.

»Beeilst du dich?«

Das tat sie.

»Morgen, Schatz!«

»Einen wunderschönen guten Morgen, Mama.«

Ihre Mutter hielt inne und sah sie an. Etwas von dem Schleier, der sie umgab, war plötzlich verschwunden. Sie zog ihr Oberteil ein wenig herab, sodass man das Arschgeweih der Schande nicht mehr sehen konnte. »Was ist denn mit dir heute los? Geht es dir gut?«

»Ich habe einfach gut geschlafen, danke. Wo bleibt denn mein Tee?«

Ihre Mutter schaute sie noch genauer an. Sie vermutete Sarkasmus in der Stimme ihrer Tochter. Aber da war keiner. Ihre Tochter nahm die Tasse, pustete und trank einen Schluck.

»Danke«, sagte Helen. »Kann ich die Reste vom Rührei haben?« Helen war sich auf einmal sehr sicher, dass ihr Tag länger als vierundzwanzig Stunden dauern würde. Er war jetzt schon eine halbe Stunde länger als der Tag aller anderen. Komische Vorstellung. Sie kicherte leise.

»Sicher, gerne«, sagte ihre Mutter, und wieder lüftete sich etwas vom Schleier. Sie war fast anwesend, aber nur fast. »Es ist aber schon kalt und dein Vater hat wieder ordentlich nachgesalzen.«

»Egal. Ich habe Hunger.«

Mit einem Lächeln stellte ihre Mutter den Teller hin.

»Gibst mir auch noch eine Banane?«

Helen stellte plötzlich fest, dass sie ihre Mutter

auf eine eigenartige Art vermisste. Schon seit einiger Zeit. Sie wusste nicht, wann das angefangen hatte, vor allem nicht, wann ihre Mutter begonnen hatte, weniger zu werden. Weniger präsent. Vielleicht hatte es etwas damit zu tun, dass sie kein Kind mehr war. Vielleicht war da auch mehr. Helen erinnerte sich an den ekligen Streit gestern. Also heute. Einen Streit, der vielleicht gar nicht stattfinden wird. Wenn sie es nicht wollte jedenfalls. Und warum sollte sie wollen? Es war ein grundloses Geschrei gewesen. Eigentlich ganz und gar überflüssig. Und nicht einmal da hatte Helen das Gefühl gehabt, ihr Mutter würde wirklich sie anschreien. Sie hatte nur einfach so geschrien. Als wäre Helen überhaupt nicht in einem Raum mit ihr gewesen. Und Helen war sowieso nach Schreien gewesen.

Ja, sie vermisste sie. Zumindest ein wenig. Das fiel Helen erst jetzt auf, wo ein Stück von ihrer Mutter zurück war. Als würde ein Teil von ihr vorsichtig um die Ecke schmulen. Neugierig, was mit ihrer Tochter los ist.

Wenn Helen so darüber nachdachte – die drei Bewohner dieser Wohnung teilten sich eigentlich nur noch den Kühlschrank. Das schien alles zu sein, was sie gemeinsam hatten. Wann hatte sie ihre Eltern eigentlich das letzte Mal Arm in Arm gesehen? Abgesehen von dem Foto im Flur, dem Marokkourlaub vor drei Jahren. Helen konnte sich nicht erinnern.

»Zehntausend Euro für den ersten Anrufer bei *Der Beste Gute Morgen!*«, tönte der XTC-Moderator wieder.

Helen aß das versalzene Rührei, spülte mit Tee nach und brummte das Lied mit.

Fredericke rief an und jauchzte.

Die Beatles sangen.

Das gleiche Spiel, ganz genau der gleiche Ablauf. Helen konnte kaum klar denken. Sie versuchte erst gar nicht, zu verstehen, was das alles bedeuten würde. Was hier vor sich ging. Nur eines verstand sie – sie konnte den ganzen schrecklichen, vermurksten Tag hinbiegen. Und wenn wieder etwas schieflief, dann würde sie einfach –

Dabei kam sie auf eine Idee.

Ja, eben, dachte sie

Sie lud den letzten Spielstand noch einmal, obwohl sie ehrlich gesagt keine Lust hatte, zum dritten Mal ins Bad zu gehen, sich die Zähne zu putzen und so weiter – aber es war eine gute Idee. Eine sehr gute.

Sie wäre blöd, es nicht zu tun.

Kurze Zeit später hatte sie schon zwei Geheimnisse.

*

Als sie aus dem Haus trat, sauste ein Rollstuhlfahrer an ihr vorbei. Der hatte sie gestern schon genauso überrascht. (Gestern, dachte sie. Nein, heute, dachte sie. Das würde sie womöglich noch ganz kirre machen). Obwohl sie sich da nicht mal sicher war. Dabei sollte man meinen, ein Mann im Rolli mit mindestens 20km/h würde mehr Eindruck hinterlassen.

Es war schon jetzt ein schrecklich warmer Tag. Später würde es in der ganzen Stadt wie in einer Sauna sein. Schade, dass sie daran nichts ändern konnte.

Helen entdeckte P. H., die pünktlich wie immer um die Ecke bog.

P. H. blickte auf ihr Smartphone, Kopfhörer im Ohr, ganz in der Musikauswahl versunken. Ihre Körperhaltung war geradezu andächtig. So wie eine Nonne früher herumgelaufen ist. Die Hände zum Gebet, den Kopf leicht geneigt. Genauso laufen wir alle rum, dachte Helen. Aber niemand betete so viel wie P. H. Sie war immer auf der Suche nach dem nächsten

Track. Sie nahm auch keine Anrufe an, wenn sie das nächste Lied nicht ausgewählt hatte. Sie bewegte sich nicht ohne Musik. Und obwohl sie hundert Playlisten auf ihrem Smartie hatte, wollte sie nach jedem Lied etwas, von dem sie selbst nicht wusste, wie es klang. Also suchte sie. Das Smartphone steckte in einer pinkfarbenen Gummischutzhülle. Wie ein Kleinkind im Strampler. P. H. liebte ihr Handy. Sie schlief sogar mit ihm. Eng eingekuschelt. Immer mit laufender Musik, das Ladekabel eingesteckt. Witze über die Vibrationsfunktion waren Standard bei ihnen.

Speicherpunkt erreicht!

SPIELSTAND GESPEICHERT

Helen war so überrascht, dass sie erstarrte.

Es war ein Gefühl, als wäre ein Blitz vor ihr eingeschlagen. Vielleicht sogar in ihr. Sie fühlte, wie sich jedes Haar aufrichtete, als hätte sie Gänsehaut. Sie blinzelte. Eine Sekunde verging, und diese Zeit brauchte sie auch, um sich zu sammeln. Ihr ganzer Körper kribbelte, sogar unter den Fußsohlen.

Dadurch hatte sie sogar P. H. vergessen, die immer noch kein neues Lied gefunden hatte – und in sie hineinlief.

Das Smartphone rutschte P. H. aus der Hand.

P. H.s Schrei hing genau so lange in der Luft, wie sich das Handy an das Kopfhörerkabel klammerte. Für einen Augenblick schien es sogar, als würde es halten. Dann übernahm die Schwerkraft, der Stecker rutschte raus, das Smartie fiel. Ein lautes Knacken – und es platzte auf wie ein Knallbonbon.

»Oh oh oh! Nein nein nein!« P. H. blickte wie nach einem Attentat. Die Augen aufgerissen, der Mund auch. Dann ging sie in die Knie. Ihre Hände wussten nicht, welches der Einzelteile sie zuerst berühren sollten. »Nein, neinnein.« Sie begann die Reste einzusammeln. »Wie kann denn so etwas einfach so zerbrechen?«

»Gott, sorry«, sagte Helen, aber sie war sich nicht sicher, ob P. H. sie bisher überhaupt bemerkt hatte.

»Wie kann das einfach zerbrechen?«, jammerte ihre Freundin. Helen hockte sich zu ihr.

Zu viel Make-up, dachte Helen. Wie immer. Vor allem dieser Mascara. Schwarzer Lippenstift war ja noch verständlich, aber dann diese dicken, selbst gemalten Augenringe. Und schwarzer Nagellack. Alles schwarz bei ihr. Bis auf diese nutzlose Hülle des zerbrochenen Handys. Vielleicht hätte eine schwarze Hülle es besser geschützt?

»Wie kann das denn passieren?« P.H. war den Tränen nah. So hatte Helene sie noch nie gesehen. P.H. weinte nie. Keine Tränendrüsen, hatte sie behauptet. Biologisch also unmöglich. So viel dazu.

Sie hatte die Reste des Smarties jetzt in ihren Händen. Es sah aus wie ein Bausatz. »Das war erst drei Wochen alt!«

Helen beobachtete ihre Freundin noch einen Moment. Dann konnte sie nicht anders und lachte.

P.H. sah sie mit bösem Blick an. »Bist du bescheuert?«

»Warte mal«, sagte Helen.

Letzter Spielstand wird geladen …

Helen stand plötzlich wieder dort, wo der imaginäre Blitz eingeschlagen hat. Ihre Haut kribbelte noch ein wenig. Es war ein sehr lebendiges Kribbeln.

Dann trat sie einfach einen Schritt zur Seite.

P.H. wäre dieses Mal blind und betend an ihr vorbeigeschritten.

»Morgen, Schwester.«

P.H. blickte auf, als wäre sie nicht sicher, ob sie richtig gehört hatte. Dann sah sie Helen. Sie pflückte sich einen Stöpsel aus dem Ohr. Bei ihnen gab es keine ewigen Umarmungen und Küsschen-Küsschen oder das ganze Abgeschlabbere, das andere Mädchen so zur Begrüßung vollziehen. Das war nicht ihre Art. Bei ihnen war es wie bei erwachsenen Feministinnen. Äußerlich distanziert, aber mehr als ein Blick war auch nicht nötig. Man wusste voneinander.

»Sag mal: Dankeschön.«

»Dankeschön«, sagte P.H. »Wofür?«

Doch Helen antwortete nicht. Sie lief plötzlich hin und her, sie machte einen Schritt nach hinten, zwei zur Seite …

Normalerweise waren Speicherpunkte feste Orte, die immer wieder funktionierten, die triggerten, wenn man sie erreichte, doch hier nicht, nicht bei diesem Spiel. Sie mussten also zeitlich definiert sein. Vielleicht. *Mh* … Seit dem Aufwachen waren gute fünfzig Minuten vergangen. Komisches Intervall, dachte sie.

»Soll das ein Tanz sein? Wirst du jetzt so eine Trulla?«, fragte P.H. und zog sich eine Fluppe aus der Schachtel. Es schien die letzte zu sein. »Tanztalentestar oder so was?«

»Nee.«

Es ist nur ein Spiel, dachte Helen. Sie hätte gerne das Regelwerk, stellte sie fest. Oder auch eine Komplettlösung. Den Walkthrough.

Andererseits: Wo bliebe da der Spaß?

»Können wir jetzt?«

»Klar doch.«

Sie gingen weiter und P.H. steckte sich die Zigarette an.

»Hast du gelernt?«, fragte P.H. und klang dabei fast wie ihre Mutter. Immer dieses leere Gequatsche über Schule und Tests und all diesen Unsinn, sogar zwischen ihnen beiden. Wie die Alten über das Wetter salbadern.

»Brauch'ich nicht.«

P.H. lachte laut. »Ui – na sicher! Wenn jemand nicht lernen muss, dann Helen.«

Und das ausgerechnet von »Mir-doch-Wurscht«-P.H., dachte sie.

»Helen kann jetzt zaubern«, sagte Helen.

»Die süße Helen kann ohne App nicht mal ihren Arsch finden.«

»Diese süße Helen wird der Welt ab heute zeigen, wer die Herrin ist.«

»Helen die Erste?«

»Helen die Diktatorin.«

»Oh Mann, Junge, Junge, das Helen spinnt.«

»St. Helen wird dich hart bestrafen für solche Lästereien!« Und du würdest es nicht einmal wissen. Dich an nichts erinnern, wenn ich das so wünsche.

Faszinierender Gedanke.

P.H. lachte wieder. Es war ihr ganz spezielles Lachen. Mit der besonderen, der fiesen Note. »Helen kann sich auch eine fangen, wenn sie die Klappe weiter so aufreißt.«

Die meisten anderen Mädchen hatten Angst vor P.H. Sogar einige der Jungs. Nicht nur weil P.H. durch und durch schwarz gekleidet war, sondern weil sie im vorigen Herbst so kräftig zugeschlagen hat, dass das Klatschen noch heute im ganzen Flur nachhallt. Wenn man zu Kristina Jäger »Patsch!« sagte, zuckte sie noch immer zusammen. Manchmal hielt sie sich sogar die Wange, auf der man damals noch zwei Stunden später den Abdruck von P.H.s Fingern gesehen hatte. Heutzutage hieß Kristina bei einigen in der Schule überhaupt nur noch »Patsch!«. Bei Helen und P.H. zumindest. Denn Helen hatte keine Angst vor P.H.

»Mach ruhig. Das wird der Helen nichts anhaben. Diese Helen ist unzerstörbar.«

»Diese Helen ist über Nacht ein bisschen plem-plem geworden, würde ich sagen. Eindeutig, 'n bisschen blöde und irre und –« P.H. warf ihren Fluppenrest in hohem Bogen weg. Er landete auf der Motorhaube eines Lexus, als wäre es mit Absicht gewesen. War es wahrscheinlich auch. » – und nicht ganz dicht.« Das Ende des Satzes klang fast wieder zärtlich.

Was irgendwie doof war: Helen konnte niemandem davon erzählen. Oder es erklären. Sie konnte es ja auch niemandem zeigen. Es auf irgendeine Art beweisen. Aber natürlich, auf der anderen Seite – so würde es auch niemand merken. Niemals.

Die letzten Meter quatschten sie über tausend kleine Dinge, aber Helen war nicht bei der Sache. Sie überdachte ihre vielen neuen Optionen.

Ihr wurde davon ganz schwindelig. Schon jetzt.

Dann erreichten sie die letzte Biegung.

Auf dem Platz vor der Schule lungerte noch die Hälfte der Schüler herum, obwohl sich eigentlich alle so langsam in die Räume bewegen sollten. Man salbaderte, lästerte und lärmte in morgendlicher Lautstärke – für eine Horde Teenager also praktisch mucksmäuschenstill. Auch die meisten aus ihrer Klassenstufe waren noch da, zum die kleine Gruppe neben der Toreinfahrt: Die Jungs zeigten sich wieder etwas auf ihren Handys. Bestimmt irgendwelche Pornofilmchen. Oder sie spielten mit Tinder rum. Die Köpfe stecken zusammen wie bei Verschwörern. Jacob und Paul und Georg, klar, genau wie gestern, und genau wie gestern drückte Georg sich ein wenig von seinen Kumpels weg, als er Helen und P.H. kommen sah. Ganz zufällig, könnte man glauben. Wenn man es nicht besser wüsste.

Zuerst wollte Helen sich einfach abwenden, alles einfach ignorieren, aber dann überlegte sie es sich anders. Sie hatte jetzt Optionen. Außerdem: Niemand würde irgendetwas merken, dachte Helen.

Ich kann tun, was ich will, dachte Helen.

Heute, meine lieben Freunde, bin ich frei.

Speicherpunkt erreicht!

Gänsehaut.

SPIELSTAND WIRD GESPEICHERT

Unglaublich – im perfekten Moment, dachte sie. Als wäre es ein Zeichen. Vielleicht funktionierten die Speicherpunkte ja so: Sie tauchten auf, wann immer sie einen benötigte. Das wäre fast zu schön, um wahr zu sein.

Helen ging auf Georg zu. Ganz direkt und nicht, wie gestern, einfach vorbei. Gestern hatte sie sein »Hi, Helen« überhört. Zumindest hatte sie so getan, als ob sie es überhört hatte. Niemand musste wissen, dass sie im Gegenteil in gewisser Weise sogar darauf gewartet hat. Und vor allem musste niemand wissen, dass es ihr gefallen hat. Vor allem nicht er. Nicht dieser affige Schönling. Nicht dieser eingebildete Graf Großkotz, der eigentlich all das war, was sie an Jungs verachtete. Nicht dieser Arsch, der ihr gestern …

Dann stand sie vor ihm und das allein schien ihn schon zu verwirren. Er hatte wohl nur mit einem flüchtigen »Hi, Georg« gerechnet. Wahrscheinlich nicht einmal das. Wahrscheinlich hatte er sich sowieso nur vor seinen Jungs profilieren wollen.

»Hi, Georg«, sagte Helen und kam noch einen Schritt näher.

Sie holte nur ein wenig aus, aber die Ohrfeige hatte Schmackes. Ihr tat sogar ihre Hand weh. Seine Kumpels vergaßen ihre Pornofilmchen und blickten sie neugierig an. Andere drehten sich ebenfalls zu ihnen, denn die Ohrfeige war für jeden hörbar gewesen.

»Patsch!«, rief jemand gut gelaunt.

P.H. rief: »Ich war's nicht!«

Georg sah Helen an wie eine Erscheinung. Wie ein als Mädchen getarntes Monster.

»Das war für gestern, du Arsch.«

»Was?«

Dabei war das, wofür sie ihn gerade bestraft hat, noch gar nicht passiert. Für ihn zumindest war es noch nicht passiert. Aber für Helen schon. Er wusste nicht, was er heute noch tun würde. Was er vorhatte. Sie schon. Der Wichser.

»Du Wichser!«

Sie trat ihm vors Schienbein.

»Spinnst du?«

Seine Jungs lachten.

»Hab ich sie auch gefragt«, rief P. H.

Georg wankte zwei Schritte zurück. Sein Gesicht war sich nicht sicher, ob es schockiert oder böse gucken musste. Es bestand nur aus Verblüffung.

Das reicht noch nicht, dachte Helen.

Letzter Spielstand wird geladen …

Gänsehaut.

»Hi, Helen!«

Sie ging wieder zu ihm und trat ihm wieder vors Schienbein, aber dieses Mal so kräftig wie sie noch nie in ihrem Leben zugetreten hatte. Georg schrie, hielt sich das Bein und sprang auf dem anderen umher. Sie sah ihm beim Tanzen zu. Idiotenballett, dachte sie. Seine Jungs filmten ihn.

Das reichte auch noch nicht.

Gänsehaut.

»Hi, Hel–«

Eine Ohrfeige-Tritt-Kombination.

Das hatte sie schon gestern Abend tun wollen. Dieses Bild hatte sie die ganze Zeit so abgelenkt, dass sie nicht einmal richtig spielen konnte. Es war nicht nur all der Ärger und Zorn gewesen, sondern auch ihre Fantasien darüber, wie sie es Georg Timmen heimzahlte.

Georg verlor das Gleichgewicht, ruderte mit den Armen und fiel auf den Hosenboden.

Seine Jungs wussten nicht, was sie tun sollten.

P.H. applaudierte.

Besser, dachte Helen jetzt. Viel besser.

Georg sah zu ihr hoch, mit genau dem Blick, den sie haben wollte. In seinen Augen glitzerte es sogar feucht. In diesen dummen, hübschen eisblauen Augen. Wie Bergseen. Die gleich anfangen würden, zu flennen. Es tat offensichtlich sehr weh. Sein Bein, die Wange, sein Arsch. Aber was viel mehr wehtat, war seine kleine Seele. Die Demütigung. Die schmerzte richtig.

Sehr viel besser, dachte Helen.

Letzter Spielstand wird geladen …

Sie gingen wieder auf die Gruppe zu – »Hi, Helen« –, aber diesmal auch wieder an ihr vorbei. So als ob sie ihn nicht gehört hätten. Ganz normal also.

Mit einem Unterschied.

»Warum grinst du so dusslig?«, fragte P.H., als sie im Schulhaus verschwanden.

LEVEL ZWEI

Speicherpunkt erreicht!

SPIELSTAND GESPEICHERT

Alles klar, nein, die Speicherpunkte hatten keinen bestimmten Abstand. Weder im Raum noch in der Zeit. Sie tauchten ohne Muster auf. Was alles ein bisschen schwieriger machte, dachte Helen, mit dem Kopf auf ihren verschränkten Armen.

Frau Reike zeichnete eine Kosinuskurve an die Tafel. Noch zittriger als sonst. Es war eine so verunglückte Welle, dass sie aussah wie bei einem Sturm auf dem Atlantik. Aber immer noch besser als ihre Dreiecke oder Quadrate. Diese Anblicke hätten Euklid die Tränen in die Augen getrieben.

Helen stand auf, klopfte auf ihren Tisch bis sie die Aufmerksamkeit der Klasse hatte und rief: »Laaaangweilig!«

Alle starrten sie an. Frau Reike fiel die Kreide aus der Hand.

Letzter Spielstand wird geladen …

Die Sonne erwärmte den Raum wie eine Brutmaschine. Außerdem blendete sie die halbe Klasse. Frau Reike setzte wieder an. Es wurde einfach nicht besser. Natürlich nicht. Und es war auch beim zweiten Mal noch langweilig. Aber es machte Spaß, wenn man einfach sagen konnte, was man dachte:

»Frau Reike? Entschuldigen Sie? Frau Reike?«

Ihre Lehrerin drehte sich um. »Ja, Helen?«

»Frau Reike, Ihre Kurven sind die hässlichsten der Welt.«

Ein paar Jungs lachten auf.

Letzter Spielstand wird geladen …

Helen sah sich um.

P.H. starrte eine Zeitlang aus dem Fenster. Was auch schnell langweilig wurde.

Hannes hatte die Kurve auf seinem Millimeterpapier schon lange vor Frau Reike fertig und seine sah auch erheblich besser aus. War Helen gestern gar nicht aufgefallen. Wie so vieles.

Georg starrte an die Tafel, als würden dort Worte in Runenschrift stehen. Franziska und Jörg blickten gemeinsam in ein Buch und sahen dabei aus, als würden sie in der Kirche aus einem Gesangbuch vortragen wollen. Jacob hatte ein Auge zu, das andere verdrehte er wie ein Chamäleon. Damit wollte er Käthe unterhalten, die das aber nicht witzig fand und stattdessen ihre Haare mit einem gelben Gummiband bändigte. Eric-Olav lud sich heimlich Apps runter und studierte ihre Möglichkeiten. Leni naschte Gummibärchen. Und Tita sah aus, als würde sie an Krämpfen der Verzweiflung leiden, diese Art von Verzweiflung, die sie immer befiel, wenn sie einen weiteren Tag davon abgehalten wurde, ihre Fernsehkarriere oder ihre Modelkarriere oder ihre Filmkarriere zu beginnen. Also richtete sie erst mal wieder ihre Möpse. Darum wurde sie auch meist Tita Titte genannt. Leander malte wildes Tintengekritzel auf einen Zettel, der halb neben, halb unter seinem Schreibblock lag. Leander hatte einen echten Tintenfüller. Es wurden immer mehr Linien, immer enger, als würde er eine Implosion zeichnen. Vielleicht war er kurz davor, selbst zu implodieren. Das waren sie wahrscheinlich alle. Von den alten Mysterien der Mathematik blieb in diesem Unterricht nichts als Krampf.

»Ihr seid ein Haufen Affen, und jeder von euch – ja, auch du, Tita – ist so unglaublich ekelhaft und hässlich und bescheuert, dass es mir die Tränen in die Augen treibt!«

Diese fassungslosen Blicke.

Letzter Spielstand wird geladen …

Helen kam auf eine Idee.

Sie klaubte ihr Handy hervor und schaltete es ein. Was strikt verboten war in ihrer Schule. Als ob das Klassenzimmer ein OP-Raum wäre oder ein Großraumjet. Hauptsache Regeln. Am wichtigsten ist Struktur.

Sie machte ein Foto von der Tafel und der traurigen Kosinuskurve –

Letzter Spielstand wird geladen …

– aber natürlich war die Bilddatei wieder weg. Beziehungsweise, sie hatte noch gar kein Bild aufgenommen. Klar, das Magazin des Sturmgewehrs war auch immer so leer oder voll wie zu dem Zeitpunkt des Abspeicherns. Doch Probieren geht über Studieren. Helen musste das Regelwerk eben selbst entdecken. Sie konnte nicht einfach davon ausgehen, dass es so ist wie auf ihren Konsolen. Dort unterscheidet sich ja auch jedes Spiel.

Jedenfalls: Die gleiche Kurve wurde wieder gezeichnet. So krumm und hässlich wie zuvor. Es war eigenartig, jemanden immer wieder genau das Gleiche machen zu sehen. Selbst die kleine Delle im Ansatz war identisch, und plötzlich erkannte Helen die Grenzen ihrer neuen Fähigkeit. Zur Zeit verlängerte sie nur ihre eigene Qual. War sie Masochistin? Eigentlich nein. Bisher zumindest. Lieber nicht mehr neu laden.

Lieber die Langeweile ertragen.

Sie sah sich wieder um.

Hannes, mit seiner beendeten Kurve, wartete darauf, dass es weiterging. Geduldig. So spielte er auch. Er stürmte nie vor, war immer konzentriert, immer mit den Gedanken beim restlichen Team. Nur seine Trefferquote war nicht so toll. Was ihn aber meistens ganz kühl ließ. Hannes wäre wahrscheinlich gar nicht in der Lage, so etwas wie einen Wutanfall zu bekommen. Vielleicht wird er später einmal Priester, ein buddhistischer wohl. Eric-Olav studierte noch immer seine Apps. Er machte mit seiner Sorgfalt schon lange den Eindruck, als würde er einmal Chemiker werden. Ein Lebensmitteltechniker. Leander wird dann wahrscheinlich Grafiker sein, oder Layouter, auf jeden Fall ein Kreativer in einer der Metropolen der Welt. Tita wird bei Heidi Klum sein oder beim Porno oder bei Lidl an der Kasse arbeiten. Käthe wird so was wie eine Laborantin werden, vielleicht sogar bei Eric-Olav. Sie hat auch diese Sorgfalt an sich, zumindest wenn sie sich die Haare bändigt. Ist aber vielleicht auch schon eine Neurose. Die Leni wird dann eine liebe Mutter sein, nur eine liebe Mutter. Nicht mal Hausfrau. Erst eine Mutter von zweien, dann von dreien, und es würde bei ihr immer was zu naschen geben, erst ein Gummibärchen, zwei, dann drei …

An sich, dachte Helen, ist Schule eine Quizshow. Die über Jahre läuft. In Echtzeit. Was die Show so besonders macht, ist, dass die Antworten vorgegeben werden, und dann wird geprüft, ob man sie sich auch gemerkt hat. Ein ziemlich gutes Konzept für das Fernsehen, wenn sie so darüber nachdachte. Der Zuschauer kann sich selbst überprüfen und mit seinen Favoriten mitfiebern. Das Schwierige ist die Vielzahl von Fachgebieten. Und dass jeder nur in gewissen Gebieten gut ist. Wer wird am Ende des Jahres gewinnen? Natürlich ist es etwas heftig, wenn eine Staffel bis zu zwölf Jahre läuft – aber trotzdem. Die Preise für die Kandidaten könnten auch kaum größer sein. Man dürfte sagen, es wäre der wirklich große Jackpot: Es geht darum, wie der Rest deines Lebens aussieht! Das Publikum würde sich nicht mehr einbekommen vor Begeisterung …

Die Kurve von Frau Reike war jetzt endlich fertig. Dann begann sie eine zweite.

Helen hatte noch eine gute Bemerkung übrig (»Wir sollten mal dringend über Ihre Kurven diskutieren«), aber sie sagte es nicht. Sie legte stattdessen wieder ihren Kopf auf den Tisch. Noch eine Runde in dieser Zeitschleife zu drehen, würde sie wirklich nicht durchhalten.

Dann überlegte sie weiter, was aus all den anderen in ihrer Klasse werden würde.

*

»Du grinst heute so viel.«

»Lass mich doch grinsen.«

»Lass ich ja. Ich verstehe nur nicht, warum.«

»Schau mal – Tita grinst auch.«

»Die grinst immer. Tita grinst sich selbst an. Das Einzige, was noch größer ist als ihr Ego, ist ihr Spiegel.«

»Sie ist ja auch so stolz auf ihre Bescheidenheit.«

Kurzes gemeinsames Gelächter.

»Außerdem: wer sagt dir denn, dass ich mich nicht auch selbst angrinse? Hab ich nicht allen Grund dazu?« Helen machte einen auf nöligen Tonfall.

»Ich schwöre dir, wenn das heute so weitergeht, patsche ich dir eine. Echt.«

Wie immer, als es zum Stundenende geklingelt hatte, haben alle – Verbot hin oder her – erst einmal schnell Facebook, SMS und alles andere gecheckt. Es war eine Art Erlösung, immer wieder, nach jeder Stunde. Wer nichts zu checken hatte, suchte sich schon mal den Weg zum nächsten Unterricht. Die anderen folgten dann mehr oder weniger hektisch.

Helen lief mit P. H. und Eric-Olav Richtung nächster Kurs. EO war einer derjenigen, die eine Menge Nachrichten zu beantworten hatten. Die Mädchen sorgten brav dafür, dass er beim Smartie-Beten keinen Unfall baute. Sie passten sowieso viel auf ihn auf.

P. H. war ein wenig in EO verschossen, was sie nie zugeben würde, nicht einmal Helen gegenüber. Aber er gehörte zu den wenigen, mit denen sie überhaupt redete. Das sagte bei ihr genug aus. Und überhaupt: EO und P. H.! Das ergab Sinn, oder? Vor allem weil P. H. EO das erste Mal überhaupt EO getauft hatte. Wofür er noch heute dankbar war. Es hatte sich zu seiner Freunde auch schnell durchgesetzt. Seitdem war er ungefähr vier Grade cooler als zuvor.

Andererseits: noch lange nicht cool genug für P. H. Irgendwie war er auch eher wie ihr Pflegekind. Das wäre ja dann fast wie Inzucht.

Unterwegs hatte Helen wieder einen Speicherpunkt erreicht. Es kam ihr schon normal vor. Sie machte sich nur eine kleine Gedankennotiz über den Moment.

»Eric-Olav! Stecken Sie das Handy weg!« Pochensen wieder, der Lehrer der Schatten. Der Lehrer, der überall und in jedem Moment aus dem Nichts auftauchen konnte. Dabei war Pochensen eigentlich ein Mann, den man nicht übersehen konnte. Groß, und mit einer Wampe, die von Jahr zu Jahr wuchs. Eine birnenförmige Ausstülpung, die nicht zu seiner Größe und seinem Körperbau passte. Es wirkte fast traurig. Aber nur fast.

»Ja, Herr Pochensen.« EO tat wie geheißen.

Pochensen konnte auch genauso schnell wieder unsichtbar werden. Als würde er jede Ecke, jede Nische in diesem Haus kennen. Als wären es alles seine ganz privaten Verstecke. Verbunden durch geheime Türen und Gänge, für die nur er das Kartenmaterial hatte.

Helen überlegte, ob das eine Situation war, um neu zu laden. Um EO zu helfen, dem Guten. Aber sie entschied sich dagegen. Sie konnte nicht bei jeder Kleinigkeit neu anfangen. Wo kämen wir denn da hin?

Sie erreichten den Klassenraum mit einem Gefühl der Paranoia, wie immer nach einem Pochensen-

Überfall. Das war auch bestimmt genau das, was er damit bezweckte.

Im Raum 203 roch es komisch. Ein Aroma, das in ihrem Kopf eine Farbe hatte, die rötlich-grau war. So stellte sich Helen den Geruch der Zone oder überhaupt aller Länder vor, die früher sowjetisch gewesen waren. Desinfektionsmittel. Krankenbetten, bei denen die weiße Farbe vom Metall abblätterte. Überall Emailleschüsseln und vor dem Fenster Industrieschlote. Irgendwie so. In Raum 203 musste vor langer Zeit mal eine mächtige Schweinerei geschehen sein. In den Achtzigern bestimmt. Und dann hatte man den Raum so gründlich sauber gemacht, dass es noch heute danach roch. Erst Pochensen, dann dieser Raum. Helen fühlte sich wie in einer Diktatur.

Passenderweise gab es dazu den Test in Biologie.

Sie hatte ihn gestern verhauen. Ganz übel in den Sand gesetzt. Denn er war unangekündigt gewesen. Wird unangekündigt sein, verbesserte sie sich. Den Test, den P. H. auf dem Weg zur Schule meinte – von wegen, ob Helen gelernt hatte –, war der Test in Geschichte. Der ist erst später. Vierte Stunde. Der hier würde aus dem Nichts kommen.

Zumindest für alle anderen.

Alles lief genauso ab, wie Helen es in Erinnerung hatte. Frau Ingolt betrat den Raum, die Nase höher als die Stirn, die Haare fest gebunden. Es schien, als wäre sie geboren worden, um jeden anderen herumzukommandieren. Zu dominieren. Sie legte ihre Unterlagen auf den Tisch. Stellte sich neben den Tisch. Klopfte mit den Knöcheln auf den Tisch. Wartete auf Ruhe. Dann die raue Begrüßung. Vielleicht auch sogar, geboren, um alle zu unterdrücken. Sie setzte sich hinter den Tisch. Zu knechten –

Dann ließ sie die Bombe platzen. Ganz beiläufig:

Zwanzigminütige Stoffüberprüfung.

Ein Stöhnen ging durch den Raum. Wie eine Welle von vorne nach hinten, und noch einmal von hinten wieder zurück in die erste Reihe. Helen versuchte nur, sich nichts anmerken zu lassen. Sie stöhnte mit. Nicht zu laut. Nicht zu leise. Doch während alle begannen, um die Antworten zu ringen, lehnte sie sich zurück. Nicht zu auffällig. Es musste zumindest so scheinen, als würde sie auch nachdenken, schreiben und arbeiten. Doch sie wartete nur ab. Ihr Plan war denkbar einfach. Die Diktatur konnte ihr gar nichts. Sie hatte schon mehrfach alleine das Dritte Reich, Terroristenkommandos und ihre Anführer, durchgedrehte Generäle aller Herren Länder, mindestens fünf Alien-Invasoren auf der Erde (und noch mehr auf fernen kolonisierten Planeten) niedergerungen:

Egal wie oft sie laden muss – am Ende gewinnt Helen.

Der Rest der Klasse kritzelte eilig seine Antworten. Ab und an hörte man ein Seufzen. Ansonsten nur das Kratzen der Kugelschreiberminen.

Helen sah ab und an nach der Uhrzeit. Wartete genau neunzehn Minuten. Dann stand sie auf.

EO bemerkte es als Erster und sah sie fragend an. Sie ging an den Tisch von Sebastian, der gerade den Stift beiseitelegte. Sebastian schrieb Einser. Fast immer nur Einser. Er war dabei gar nicht sehr intelligent oder gar ein Nerd. Alle wussten, dass es an seinen Eltern lag. Seine Eltern hatten Großes mit ihm vor, aber er sagte nicht, was. Er schaute nur immer verängstigt, wenn es um dieses Thema ging, und vergrub seine Nase sofort wieder in einem Buch.

Als sie seinen Zettel mit den Antworten nahm und in Ruhe zu lesen begann, starrten sie alle an. Niemand sagte einen Ton, aber sie spürte die Blicke. Fast hätte sie gelacht. Sie konnte sich kaum konzentrieren. Dann kicherte sie doch. Erst jetzt sah auch Frau Ingolt auf.

Helen unterbrach das Studium der Antworten. Sebastian war endlich in der Lage, leise und zweifelnd »Hey?« zu sagen. Zu mehr Protest war er nicht fähig. Helen grinste. Frau Ingolts Blick war wie aus Eis. Wie von einem unfreundlichen Schneemann – nein, einer unfreundlichen Schneefrau. Einer bösen Eiskönigin. Sie konnte kaum fassen, was sie da sah.

Speicherpunkt erreicht …

Nein, dachte Helen noch. Nicht jetzt –

SPIELSTAND GESPEICHERT!

– es kribbelte.

Die Eiskönigin stand auf und kam auf sie zu.

Helens Grinsen war erfroren.

Oh.

Nein.

*

Sie saß im Sekretariat und hielt ihr Gesicht in die Hände gestützt.

Nicht weinen, befahl sie sich.

Obwohl es eben erst passiert war, kam es ihr schon lange vergangen vor. Ein blöder Traum. Nichts weiter. Einer von denen. Typisch. Der Traum: In einem

Klassenzimmer vor allen zu stehen. Erwischt worden zu sein. Ein Albtraum eben.

Und in dem Traum hatte Helen dort gestanden und aufgeschrien und war eben nicht aufgewacht, und hatte dann kurz, aber sehr unflätig geflucht. Auch das noch – sie hatte gezetert und Worte benutzt, wie sonst nur, wenn sie dabei war, zu verlieren. Das war nur für einen Moment gewesen, aber trotzdem schlimm genug. Sie hatte es einfach nicht fassen können. Sie muss kurz wie eine Wahnsinnige gewirkt haben. Wie komplett durchgedreht. Zumindest für diese Sekunden. Der Blick von Frau Ingolt war finster bis schwarz geworden. Die anderen in der Klasse waren sich wohl selbst nicht sicher, ob sie träumten. Helen wollte aber nicht noch einmal laden. Es hatte keinen Sinn. Sie hätte Sebastians Zettel ja immer noch in der Hand gehabt. Immer noch dort seine Antworten gelesen, vor aller Augen. Sie wollte nicht wieder dort stehen. Es gab nichts, was sie sagen konnte. Oder erklären. Vielleicht war es sogar am besten, wenn alle dachten, sie wäre irre. Mildernde Umstände. Probleme zu Hause und so. Ja, dachte sie. Ist ja nicht ganz falsch. Irgendetwas stimmte ja nicht. Selbst wenn sie nicht wusste, was es war.

Vielleicht also doch weinen?

Der Sekretär, Herr Tumholg, tippte mit spitzen Fingern auf der Tastatur seines Computers. Er tippte ganz leise. Herr Tumholg war um die fünfzig Jahre, füllig, mit einem Vollbart. Haare quollen ihm aus dem Hemd, als würde sein Körperfell sich daranmachen, die Welt zu überwuchern. Man würde ihn eher bei den Hell's Angels vermuten als hinter diesem Schreibtisch. Meistens lächelte Herr Tumholg. Gerade jetzt aber nicht. Er blickte sie auch nicht mehr an, seit sie sich hingesetzt hatte. Er tippte nur.

Wie konnte ich nur so dumm sein, fragte sich Helen. Sie biss sich in den Handballen, ganz fest.

An der Wand hingen Wimpel und Urkunden, die ihre Schule und deren Schüler über die Jahre bekommen hatten. Sportwettbewerbe, Wissenschaftswettbewerbe, allgemeines Gutsein und Talenthaben. Sie fand es schon immer erstaunlich, dass diese Ehrungen so hässlich waren. Man fühlte sich eher ungeehrt. Jetzt, in diesem neuen Zusammenhang, ergaben diese Dinger plötzlich Sinn. Wenn man hier saß und warten musste und auf gute Leistungen blicken durfte. Es war das erste Mal, dass sie zur Direktorin bestellt worden war. Sonst war sie offiziell immer die brave Helen gewesen.

Das Warten nervte.

Das Klackern der Tastatur auch.

Helen biss sich noch einmal, so dass es Herr Tumholg nicht sehen konnte.

Es blitzte.

Es kribbelte.

Wenigstens das, dachte sie.

Dann biss sie noch einmal zu.

Diesmal spürte sie, wie ihre Augen feucht wurden.

Die Tür zum Büro der Direktorin öffnete sich einen Augenblick später.

»Kommen Sie jetzt bitte, Helen.«

*

Hannes wartete auf dem Flur, direkt neben dem Sekretariat. Irgendwer musste ihm schon alles erzählt haben, klar. Er blickte sie an, als wäre sie eine Fremde oder ganz und gar nackt. Seine Brille war schrecklich schmutzig.

»Ich sage mal: krass.«

Wahrscheinlich wusste es die ganze Schule.

»Mann«, hauchte Helen erschöpft.

»Soll ich noch sagen – Respekt? Oder fragen, ob es dir gut geht?«

»Mann, Mann.«

»Das klang irgendwie psychopathologisch, was du da abgezogen hast. Borderlinestyle.«

»Begleitest du mich zum Kaffeeautomaten?«

»Ja. Unbedingt.«

Offiziell war Helen nur zehn Minuten bei der Direktorin gewesen. Aber inoffiziell, in ihrer Welt, war es eine Stunde gewesen. Über sechzig Minuten! Immer wieder dieselben Vorwürfe, derselbe Blick, die gleichen Fragen und unterschwelligen Drohungen …

»Mann, Mann, Mann.«

Ihr Verstand war völlig erschöpft. Gott sei Dank war ihr Körper ein Teil dieser normalen Realität und Zeit. Auch er wurde immer komplett neu geladen. Für ihn sind auch nur zehn Minuten vergangen. Ansonsten hätte Helen jetzt erst einmal dringend ein Nickerchen gebraucht. Mit Sauerstoffmaske und Massage. Doch so war nur ihr Denken und Fühlen völlig durchgenudelt.

Frau Direktorin Nowatzka war enttäuscht von ihr gewesen. Sie hatte die obersten Knöpfe ihres Hemdes geöffnet, als ob sie nicht genug Luft bekäme. Der Rest des Businessdress klemmte die Blutversorgung weiterhin ab.

Sehr enttäuscht.

Normalerweise war es ja das Beste, die Klappe zu halten, aber heute hatte Helen versucht, sich unschuldig zu reden. Sich für unzurechnungsfähig zu erklären. Auf Teufel komm raus. Irgendwie musste sie ja halbwegs aus der Nummer rauskommen. Irgendwie hatte sie es dann auch geschafft, glaubte sie. Im sechsten Anlauf. Denn da dieser Vorfall so unfassbar war, konnte man es kaum als echten Betrugsversuch bezeichnen. So etwas war noch nie vorgekommen. Von so etwas hatte man auch noch nie gehört. Also blieb es letztlich bei Störung des Unterrichts. Und einer – »sehr ernst gemeinten« – Warnung. »Ja, Helen? Verstehen wir uns?«

Jetzt stand sie am Automaten und zog sich Kaffee. Die Hausmarke – Plörre de Luxe. Aber Koffein bleibt Koffein und Koffein kickte.

Wie erwartet, sahen sie alle an. Oder wie erwartet, kam es Helen so vor. Gut, dass Hannes da war. Nicht nur weil er ihr Freund war, sondern auch weil ihm nur wenige Zentimeter fehlten, um die Zwei-Meter-Marke zu erreichen. Neben ihm zu stehen, war schon fast so, als verstecke man sich. Er war muskulöser als man es bei einem Nerd erwarten würde. Aber auch nur weil ihn das Schulsystem dazu zwang, jede Woche Sport zu treiben. Und seine Eltern. Wenn er das Abi haben wird und auszieht, werden seine Muskeln wahrscheinlich verschwinden, sich einfach auflösen und das Bauchfett und seine Herrenbrüste in die Unendlichkeit wachsen. Was Helen sehr schade fände.

Sie nippte am Kaffee.

»Gutes Spiel gestern.« Er wollte sie ablenken.

»Danke. Ja. Dieser eine Kopfschuss hat mich gerettet. Und die ganze Runde auch.«

»Nur weil Uwe mir den Rücken freigehalten hat.«

»Teamwork halt.«

»Eben. Teamwork.«

P. H. stand derweil unschlüssig im Eingang. Es war große Pause und in der großen Pause litt sie immer an einem unlösbaren Problem. Zumindest an Tagen wie heute, an warmen Tagen. Denn P. H. – wer hätte das bei ihrer Kleidungswahl gedacht? – mochte die Sonne nicht. Eigentlich glaubte Helen ja, dass das alles Show war, aber andererseits wurde einem echt warm, wenn man mit rein schwarzen Sachen in der Sonne stand. Problematisch war das aber nur, weil P. H. rauchen wollte und sich dazu vom Schulhof schleichen musste. Allerdings war die Außenseite ihres Schulgebäudes die Sonnenseite, und gegenüber befand sich nur der Vonnegut-Platz, auf dem nicht ein Baum Schatten spendete. Eine Betonwüste. Eine Bratpfanne.

»Himmel, entscheide dich einfach mal.«

»Du mich auch, Grinsekatze.« Dabei grinste Helen gar nicht mehr. Warum auch? Sie fühlte sich viel zu erschöpft. »Drama Queen«, gab sie also noch extra pampig zurück.

»Ich geh jetzt rauchen.«

»Mach doch.«

P.H. stöpselte sich wieder die Ohren zu, suchte ein Lied aus und verzog sich. Manchmal schien es, als würde sie versuchen Musik anzuziehen. Wie ein Soundmagnet. Oder eher noch an sich zu ziehen. Wie einen Liebhaber. P.H. hatte bis jetzt kein Wort zu dem Vorfall gesagt, aber das würde sie noch. Vielleicht wusste sie es auch noch gar nicht. P.H. hatte Chemie gehabt, nicht Bio.

Hannes und Helen folgten ihr ein paar Meter. Dann bog P.H. ab und verschwand vom Schulhof.

Auch wenn Helen versuchte, es sich nicht einzugestehen – ihre und P.H.s Art, sich zu verhalten, sich abzugrenzen, unter sich zu bleiben und mehr oder minder alle anderen mit Verachtung zu strafen, hatte auch Nachteile.

Im Schulhof verteilte Jacob die Einladungen zu seiner Fete. Nicht dass sie dahin wollte. P. H. sowieso nicht, auf keinen Fall. Die Einladungen waren auf leere Feigling-Fläschchen geklebt. Jacob verteilte sie wie eine Supermarktangestellte Gratisproben.

Helen wollte da nicht hin. Wenn, dann war sie nur ein wenig neidisch. Auf die Feier an sich. Aber nicht auf diese spezielle. Auf Menschen allgemein. Nicht auf die, die da sein würden. Denn die waren nun mal alle echt unzurechnungsfähig. Nervenzersetzend lästig und so langweilig, dass sie ihren fauligen Duft roch. Konnte man nichts dran ändern. Diese Leute brauchte sie nicht.

Hannes drehte in diesem Moment ab, wie ein Flugzeug, das den Angriff abbricht. Er verzog sich in eine Ecke. Wohl um wieder sein Käufe und Verkäufe bei Ebay zu beobachten. Er war ständig dabei, Spiele zu kaufen und wieder zurück in die Welt zu geben. Abgesehen von ihren gemeinsamen Klassikern und Multiplayerspielen war es bei ihm ein ewiger Kreislauf. Niemals endend. Helen neigte ja dazu, alles was sie hatte, zu behalten und zu sammeln, auch wenn sie wusste, dass sie manche Spiele niemals wieder anfassen würde. Na gut, zugegeben, vielleicht war sie auch nur zu faul, sie wieder zu verkaufen.

Als Tita ihr Einladungs-Fläschchen bekam, quietschte sie einen halben Orgasmus vor Freude. Nicht dass je ein Zweifel daran bestanden hätte, das sie eingeladen wurde. Sie wusste, wie man Aufmerksamkeit bekam. Früher hätte Helen sie dafür gerne geschlachtet, rituell und so. Es war ihre ganze Art. Tita las ihre Facebookkommentare nicht – sie zählte sie nur. Wenn es zu wenige waren, wurde sie depressiv und zog den ganz kurzen Rock an. Heute bemitleidete Helen sie eher. Meistens zumindest. Diese dumme Gans.

Helen schüttelte sich den Pony ins Gesicht, als EO von Jacob rangewinkt wurde und ebenfalls sein Fläschchen bekam. Helen fragte sich, ob er eine Begleitung mitbringen durfte. Nicht dass sie mitkommen würde.

Helen wanderte ein wenig umher, warf den leeren Kaffeebecher in den Müll und war nun auch sehr intensiv mit ihrem Smartphone beschäftigt. Sie war dabei irgendwie immer in der Nähe von Jacob, der weiter Einladungen ausgab. Aber sie sah nicht auf. Wahrscheinlich beobachtete Georg sie wieder. Wahrscheinlich auch andere, wegen der Sache im Unterricht. Vielleicht fragten sie sich, ob Helen jetzt durchdrehte. Bisschen irre war sie ja schon immer gewesen. Labil. Zickig hoch zehn. Aber vielleicht ging's jetzt echt abwärts mit der. Die spielte ja auch diese Spiele. Weiß man ja. Wie die anderen Irren auch. Eines Tages wird die in die Schule kommen, mit einer Schrotflinte im Anschlag, und alle jagen. Wirrer Blick. Aber ganz ruhige Pupillen. Blick geradeaus. Ein Rucksack voller Munition. Dann dieses milchige Weiß in den Augen. Diverse Kleinkaliberwaffen im Gürtel.

Amok laufen.

Nein, sie würde nie eine Einladung bekommen. Außer Georg bestand darauf. Jacob tat alles, was Georg ihm sagte. Die anderen seiner Jungs auch. Komisch eigentlich. Als ob sie in ihn verknallt wären. Männerfreundschaften haben was sehr Eigenartiges. Aber Georg würde nicht darauf bestehen. Er sah sie nur heimlich an. Wenn Georg sie gerade überhaupt ansah. Vielleicht tuschelte auch überhaupt niemand über sie. Vielleicht beachtete sie wirklich niemand. Helen wusste gerade nicht, was sie mehr stören würde.

Diese Pause war gestern ganz anders gewesen, stellte sie plötzlich fest.

Jacob hatte zum Beispiel keine Einladungen verteilt, das hatte er erst später getan, im Flur zur Aula. Vier Jungs aus einer Klasse drunter hatten sich die ganze Zeit lautstark beleidigt – »Nuttensohn, Fotze, Schwanzlutscher«, solche Sachen –, aber heute waren sie still. P.H. hatte auch nicht versucht zu rauchen, da sie beide vom Beginn der Pause an dort in der Ecke Fotos von sich geschossen hatten. Alles war heute ruhiger, wenn auch so inhaltslos und kindisch wie immer. Besitzer der kleinen leeren Fläschchen stießen damit an, als würden sie trinken. Dieses Klirren war das Lauteste auf dem Hof. Zumindest in Helens Ohren.

Kein Zweifel: Sie veränderte den Tag. Aber nicht unbedingt zum Besseren. Komisch. Das funktionierte bei Battlefield, Call of Duty und Destiny besser.

Pochensen stand im Schatten der altehrwürdigen Kastanie, die aussah, als wären schon vor dreihundert Jahren Kinder unter ihr unterrichtet worden. Als ob man die Schule drum herum gebaut hätte. Pochensen beobachtete von dort aus das Treiben. Er war wieder mal kaum zu erkennen. Als ob er sich unscharf stellen könnte.

Die Blätter des Baumes litten unter dieser komischen Krankheit, die sie braun werden ließ. Eine Motte war daran schuld, wenn Helen sich recht erinnerte. Doch jetzt sah es so aus, als wäre Pochensen die Ursache. Es reichte, dass er in der Nähe war und die Natur verdorrte. Außerdem hatte Helen den Eindruck, als würde er vor allem sie beobachten. Pochensen war eigenartigerweise einer der Vertrauenslehrer der Schule. Ausgerechnet »der Schatten« Pochensen.

P.H. schlurfte derweil wieder auf den Hof zurück, Schweiß auf der Stirn, eine Flasche Ice-Tea in der Hand. Der obligatorische Alibieinkauf. Aber ihr entspanntes Gesicht sprach Bände. Sie hatte sich bestimmt gleich zwei Rettchen reingezogen. Bekloppte Droge. Helen würde sich wohl eher Crack spritzen und Meth als Kaugummi benutzen, als mit diesem Unsinn anzufangen.

Als P.H. bei Helen war, klaubte sie sich einen Stöpsel aus dem Ohr. Aber nur einen.

»Georg gafft wieder.«

»Ich weiß.« Was gar nicht stimmte. Aber jetzt merkte sie es auch. Er schielte herüber. Ab und an zumindest. Konnte auch Zufall sein. Helen schaute aber einfach nicht in seine Richtung.

»Ich kann ihm mal eine scheuern für dich«, bot P.H. an und trank einen Schluck. Sie übertrieb es seit einiger Zeit mit dem Bezugnehmen auf ihre Schlagfertigkeit.

»Das mach ich schon selber.«

»So siehst du aus.« Sie reichte ihr die Plastikflasche. Nicht mal halb leer.

»Danke.« Helen war kurz davor, P.H. alles zu erzählen, aber dann gab sie ihr doch nur den Ice Tea zurück. Es war irgendeine neue Fruchtmischung, die falsch schmeckte. Nicht nur künstlich, sondern falsch.

»Ich mach mich schon mal los. Bis später, Süße.«

Helen nickte nur und versuchte, niemanden im Besonderen anzusehen.

Plötzlich stand Pochensen neben ihr.

Sie hätte vor Überraschung fast laut aufgeschrien. Sie merkte gar nicht, dass einen Augenblick später wieder gespeichert wurde. Hatte sie sich eben etwas zuschulden kommen lassen? Nicht dass sie wüsste. Sie war nur herumgelaufen. Ja, das Smartie in der Hand, aber so strikt war selbst der Schatten nicht.

Pochensen legte eine Hand auf ihre Schulter und sein Gesicht sah in diesem Moment anders aus als sonst. Fast weich. Aufrichtig war wohl das passende Wort.

»Helen, wenn Sie reden möchten – falls Sie reden

möchten – ich bin da. Falls Sie Hilfe brauchen, ebenso.«

Im Augenwinkel sah sie, wie Jacob das letzte Fläschchen an Sebastian gab, den man dazu regelrecht aus seinem Geschichtsbuch zerren musste. Aus seiner Lerntrance. Er blinzelte Jacob hilflos an und brauchte lange, um zu begreifen, warum man ihm einen leeren Kurzen überreichte.

»Ich meine das ernst, Helen. Sie müssen mit Ihren Problemen nicht allein zurechtkommen.«

Ja, der Tag war jetzt ganz anders. Jeder würde sie anders behandeln als gestern. Es passierten andere Dinge.

Jetzt war es nicht mehr dieses Gestern.

Jetzt war es ein ganz neues Heute.

LEVEL DREI

Reli.

Niemand war gerne hier. Niemand – außer vielleicht Jörg – mochte Reli. Die meisten waren in diesem Unterricht, weil sie auf einfache, gute Noten gehofft hatten. Große Täuschung! Helen war zumindest aus einem besseren Grund hier, wegen ihrer Großmutter. Um ihr einen Gefallen zu tun. Was ihr auch gelungen war. Außerdem war es ihr eigentlich auch egal, ob sie hier saß oder woanders. Denn dass der Unterricht langweilig ist, war man ja gewohnt. Das ging noch in Ordnung. Anfangs war also auch Reli nie ein Problem gewesen. Doch seit einigen Wochen hatte sich das geändert. Und diese Stunden waren für sie und Hannes eine besondere Qual geworden. Zu einer Karikatur eines Unterrichts. Es ging um die Weltsicht des Herrn Köpke.

Und Herr Köpke strahlte eh keinen Optimismus aus. Dazu kam eine Neigung und Zuneigung zu all den Geschichten, bei denen es um Strafe, Rache, Feuerregen und Genozid ging. Er hatte einen Altes-Testament-Fetisch. Überall sah er Sodom und Gomorrha. Vor einigen Wochen, nach einer dieser immer gleichen Fernsehdiskussionen, war Köpke auf das Thema »Killerspiele« gekommen. Er hatte sich darin verbissen, konnte man sagen. In heiligem Zorn.

»Ich möchte mit euch heute noch einmal über Killerspiele reden«, setzte er wieder an. Mittlerweile nahm er es als Ausgangspunkt, um alle möglichen Kritiken am modernen Leben aufzubauen. Das konnte niemals so im Lehrplan stehen, beschwerte sich Hannes immer bei Helen. Sie haben auf dem Weg in den Klassenraum gerade eben wieder zusammen gesungen: »Wenn der Sinn euch nach pazifischem Blödsinn euch steht: Reli bei Köpke!«

»Ihr wisst, dass die Diskussion weiter anhält, und ihr wisst, dass das eine wichtige Diskussion ist.«

Raum 105 war einer dieser Räume ohne Schicksal. Hier konnte jeder Unterricht stattfinden. Er war keinem Thema und keiner Idee gewidmet. Alle Wände waren kahl, einzig die Tafel konnte man als Schmuck bezeichnen. Herr Köpke passte prima hier rein. Seine Art von Unterricht auch.

Das Einzige, was in diesen bleichen Hallen zu tun

blieb, war, sich abzulenken. Bevor man sich aufregte. Helen legte sich ihr Handy auf den Oberschenkel und schaute, ob zufällig jemand im Chat war. Wie P.H. zum Beispiel.

Sehr gut …

[09:22:10] du bio leistung jetzt, oder?

[09:22:28] dna dns kein stress

[09:22:40] gott mit köpke hier

[09:22:50] poor thing … weißte was? alex hat mich angerufen

[09:22:56] sag an!

[09:23:09] war aber gar nicht er, sondern seine hosentasche. zweieinhalb minuten auf der mailbox. so was mag ich ja

[09:23:34] kann passieren

[09:23:49] gott weiß wie oft man so schon selbst bei leuten gelandet ist. sagt einem ja keiner.

[09:23:55] tastensperre is for bitches

[09:24:10] eigentlich schade, dass man kein deutsches wort dafür hat

[09:24:32] auf englisch heißt das pocketdialing

[09:24:39] die haben ja auch booty call

[09:24:43] drunk dialing

[09:24:50] taschenwählen klingt pornografisch

[09.25.09] wie taschenbillard

[09:25:11] komisch. wo die dt-sprach doch für ihre wortvielfalt gelobt wird

[09:27:02] wenns drauf ankommt …

[09:27:07] nüscht da!

Dann war P.H. schon wieder weg.

Wenn P.H. Religion belegt hätte, wäre sie Köpke wahrscheinlich jede Stunde damit auf die Nerven gegangen, zu postulieren, dass Gott weiblich ist. Eine SIE. Was am Anfang bestimmt noch lustig gewesen wäre. Aber mittlerweile sicher ebenso langweilig wie das, was Köpke von sich gab.

Handy wieder verstaut – aber in Reichweite.

Helen starrte an die Decke des Raumes ohne Schicksal.

Normalerweise schaltete sie auf Durchzug, auch wenn die Ansichten von Herrn Köpke sie aufregten. Die alte Regel eben: lieber Klappe halten. Doch sie kam an ihre Grenzen. Er hörte einfach nicht auf. Eine Thesenrede gegen Killerspiele, immer noch, immer wieder. Dieser Mann ließ nicht locker, weil er meinte, recht zu haben. Das sind die Schlimmsten. Das würde wohl so lange gehen, bis sie alle wortwörtlich bei ihm zu Kreuze kriechen würden. Die Konsolen und Computer zum Scheiterhaufen aufgeschichtet. Sie verstand nicht, wenn Menschen von Dingen redeten, von denen sie nichts verstanden. Und Köpke hatte absolut keine Ahnung, wovon er da redete. Mehr als Tetris und Gehirnjogging hatte er bestimmt nie gespielt. Wenn überhaupt. Sie würde ihm zunächst mal »Mensch ärgere dich nicht!« als Tabletop empfehlen.

Wenn sie nicht heute widersprechen würde, wann dann?

Trotz des Desasters in der letzten Stunde. Neu laden zu können, war auch zunächst nur ein Sicherheitsnetz. Sie tat ja nichts weiter, als sich am Unterricht zu beteiligen. Ausnahmsweise. Sollte sie ja immer, oder?

Bitteschön, können sie haben.

»Diese Art der Spiele nennt man Ego- bzw. First-Person-Shooter.«

Herr Köpke sah über seinen Brillenrand hinweg. »Helen. Sie sagten etwas?«

Sie wiederholte es, etwas lauter und mit festerer Stimme dieses Mal.

»Aha. Danke. Aber sind das nicht nur Euphemismen? Beziehungsweise Formulierungen, die bewusst abstrakt gehalten sind, um ihren eigentlichen Inhalt zu verschleiern? Wird dort denn nicht getötet?«

Helen setzte sich etwas auf, raus aus der Eichhörnchenhaltung, den Rücken gerade. Alle Augen waren auf sie gerichtet. Schon wieder.

»Nein. Es wird in diesen Spielen nicht getötet, Herr Köpke. Töten hat eine klare Definition, glaube ich. Töten bedeutet, das Leben eines anderen Lebewesens zu nehmen.«

Herr Köpke kam hinter seinem Schreibtisch hervor und schritt langsam in den Gang. Hannes konnte offensichtlich kaum an sich halten, mit einzusteigen. Aber er biss sich auf die Lippe. Er sagte nichts.

»Nun, aber genau das passiert in diesen Spielen. Es geht darum, möglichst vielen Menschen das Leben zu nehmen. Immer und immer wieder.«

»Dem würde ich widersprechen. Es sind Programmierungen, keine Form von Leben und ganz bestimmt sind es keine Menschen. Es lebt dort nichts.«

Hannes nickte still. Es war übrigens kein Zufall, dass sie praktisch jeden Kurs und jede Stunde zusammen verbrachten. Da war sich Helen sehr sicher.

»Aber sie stellen Menschen dar. Deine Programmierungen sehen mittlerweile genauso aus. Es wird einem nachdrücklich und mit Absicht der Eindruck vermittelt, man töte Menschen. Inklusive Blut und Schreien.«

Wenn Herr Köpke ins Du abrutschte, hieß das, er wurde nervös.

Helen machte weiter: »Mehr aber auch nicht.« Und eigentlich nicht einmal das. »Es wird nur der Eindruck vermittelt.«

Helen wurde das Gefühl nicht los, dass es wahrscheinlich wirklich besser wäre, hiernach neu zu laden. Sie war nicht nur vorlaut. Das war Impertinenz. Herrn Köpkes Gesicht verfinsterte sich immer weiter. Als ob es Nacht in seinem Kopf wurde. Er begann, es persönlich zu nehmen.

»Und das stumpft den Geist, die Seele ab. Würdest du das nicht so sehen? Dieses wiederholte Dahinmetzeln von – meinetwegen – menschenähnlichen Bildern?«

»Das tut jede Nachrichtensendung ebenfalls. Und das Internet. Die Realität, oder? Das ganze Leben. Alles stumpft einen ab.« Das war ein bisschen platt, zugegeben. Aber wenn sie hier gewesen wäre, hätte P. H. an dieser Stelle applaudiert.

»Der Unterschied ist aber, dass Menschen – vor allem Jugendliche, und oft ja auch Kinder – die diese Spiele spielen, dabei das Töten trainieren. Es ist wie ein Übungsprogramm zum Morden.«

Er stand nun an ihrem Tisch. Als ob er am Ende

seines Vortrages angekommen wäre, natürlich einfach, weil er meinte, recht zu haben. Es zu wissen. Alter Dogmatiker, dachte Helen und schüttelte den Kopf. Sie würde ihm jetzt beweisen, dass er unrecht hatte, egal wie das ausging.

»Wenn Sie gestatten? Ich kann ja mal versuchen, mit dem, was ich da gelernt habe, Sie zu töten, Herr Köpke. Lassen wir es mal einfach drauf ankommen.« Sie stand auf und stellte sich vor den Lehrer. Sie hielt ihre Hände jetzt so, als würde sie ihren Controller halten. Sie bewegte die Daumen wie über die Buttons und den Analogstick, und die Zeige- und Mittelfinger so, als würde sie die Schultertasten bedienen. Mit diesen Bewegungen berührte sie ihn an der Brust. Sie bewegte die Finger weiter und weiter, so als wäre sie mit ihrem Team auf Einsatz im Nahen Osten, um Terroristen zu liquidieren.

Es waren ganz sanfte Trommelbewegungen.

»Und? Sterben Sie schon?«, fragte sie.

Eigentlich hatte sie wirklich vorgehabt, neu zu laden.

Aber sie tat es nicht.

*

»Mach mich nicht an, ich entwickle erst eine Persönlichkeit!«

»Ich mach dich nicht an, ich frage mich nur, was los ist. Stimmt das alles, was ich höre?«

»Was weiß ich, was du so hörst.«

»Denn wenn, dann bist auf Drogen, oder? Was hast du heute genommen?

»Gar nichts?«

»Lügnerin.«

»Ich lüge nicht.«

»Doch, gerade wieder!«

»Hach, wie paradox!«

Man würde heute kaum glauben, dass P.H. früher mal »pH-Neutral« genannt wurde. Das hatte irgendwie in den ersten Chemiestunden angefangen, als sie noch aussah wie ... naja, neutral eben. Unauffällig. So gab sie sich auch damals. Still und in Kleidung gewickelt, die sie mit den Wänden fast verschmelzen ließ. Als sie dann eines Tages ganz in Schwarz, mit Mascara dick wie auf dem Kriegspfad und einer ganz neuen Lautstärke in der Stimme auftauchte, wurde das »neutral« schnell gestrichen. Spätestens an dem Tag, an dem sie in einer schwarzen Burka in den Unterricht kam und zur Direktorin gerufen wurde, um ihr

»Statement« zu erläutern. Nein, ihr könnte Helen nie erklären, was mit ihr los war. Sie würde sich schwer verarscht vorkommen. Die würde wahrscheinlich sogar richtig sauer werden.

Derweil huschte Patsch! an ihnen vorbei und tat so, als hätte sie P.H. nicht gesehen. Was ihnen schon deswegen kaum aufgefallen ist, weil in diesem Moment aus der Gegenrichtung »die Königin« kam. Frauke Jahn.

Frauke war die Älteste an der ganzen Schule – abgesehen von den Lehrern natürlich. Zweimal sitzengeblieben. Dabei schien sie nicht dumm zu sein. Es kümmerte sie einfach nicht. Noten, Wettbewerbe, ein Abschluss. Das war ihr offensichtlich ganz egal und nichts könnte sie weniger kümmern als Fragen nach ihren Zielen. Sie hatte auch noch einen zweiten Spitznamen. Zumindest bei einigen. Die Schlampe. »Ach was«, hatte P.H. irgendwann mal gemeint, »die ist nur großzügig.« Worin eine gewisse Bewunderung mitschwang. Und was außerdem stimmte. Angeblich lief die Hälfte ihrer Klassenkameradinnen mit Klamotten rum, die sie sich von Frauke auf Dauer geborgt hatten. Diese Mädchen waren ihr Hofstaat, sozusagen.

Frauke war schön, aber nicht besonders schön – kein Vergleich zum Beispiel zu Tita Tittes Porno-Schön. Was sie anziehend machte, war, dass sie so erwachsen war und das auch ausstrahlte. Sie war eine Frau. Fast erhaben zwischen all den Kindern. Wahrscheinlich kam auch daher P. H.s Bewunderung für die Königin. Und ja, das ging Helen kaum anders.

Daher folgte der Königin auch die volle Aufmerksamkeit aller Anwesenden, wo immer sie auftauchte. Als ob jemand hinter den Kulissen das Spotlight auf sie richtete. Natürlich führte das dazu, dass sie so kaum ihr Publikum sehen konnte. Geblendet vom Rampenlicht. Das konnte man als Arroganz auslegen, aber genau wie mit dem Unterricht, war ihr diese Aufmerksamkeit vielleicht einfach ebenso gleichgültig.

Daher war Helen ziemlich baff, als sie spürte, dass Frauke sie ansah. Sie entdeckte. Eigentlich entdeckte Frauke Helen in diesem Moment überhaupt zum ersten Mal, wenn man es recht bedachte. Frauke hatte noch nie mit ihr geredet. Bis eben hätte Helen gewettet, dass sie der Königin noch nie aufgefallen war. Geschweige denn, dass sie ihren Namen kannte.

Doch jetzt kam Frauke zu ihnen. Sie lächelte, gar nicht mal arrogant. Sondern anerkennend.

»Hab das mit Kopke gehört«, sagte sie, als würden sie sich schon ewig kennen.

»Ich glaub, das haben alle«, sagte P.H. irgendwie stolz.

»Gefällt mir«, fuhr Frauke fort.

Wahrscheinlich war das mit der Königin sogar noch zutreffender, als Helen bisher verstanden hatte. Das hier war Fraukes Schule. Sie gehörte ihr. Sie kannte alle und jeden. Länger als jeder andere Schüler. Sogar länger als einige Lehrer. Die Dinge, die hier vonstatten gingen, waren die Dinge, die in ihrem Reich geschahen.

»War nötig«, sagte Helen nur.

Die Königin lächelte milde und nickte. »Das kann mal wohl sagen.« Dann nahm Frauke ihr Fusion-Armband vom letzten Jahr ab. Sie hatte es mit einem Verschluss versehen, sodass sie es wie ein Schmuckstück tragen konnte. Sie hielt es sanft zwischen Daumen und Zeigefinger, als wäre es zerbrechlich. Dann reichte sie es Helen.

»Aber nur geliehen, okay?«

Einen Augenblick später war Frauke schon wieder verschwunden.

P.H. beobachtete wie Helen sich das Fusion-Band anlegte.

»Ich glaube, ich wurde gerade geadelt«, sagte Helen und tat dabei so, als wäre sie von ihrem neuen Status schon angemessen gelangweilt.

»Und du willst mir weismachen, es sei heute nichts Besonderes los bei dir?«

*

Anderer Tag hin oder her: Die Geschichtsprüfung war genau die gleiche. Jede Frage kannte sie bereits. Und schon gestern hatte Helen geglaubt, keine Fehler gemacht zu haben. Wenn das hier keine Bestnote gäbe, dann würde sie die Welt nicht mehr verstehen.

Deshalb störte sie auch der Baulärm nicht.

Auf der anderen Seite des Sportplatzes entstand seit einigen Wochen »Hochwertiges Wohneigentum«. Unterstützt durch schweres Gerät. Ein gewaltiges Plakat zeigte bereits das Endprodukt, irgendwelche weiß-strahlenden Townhouses. Dazu wurden auch jetzt schon die Quadratmeter-Preise angegeben. Daneben eine lächelnde Familie. Diese Familie fand Helen viel schlimmer als den Lärm. Oder die unfassbaren Preise.

Georg hat sich wie ein Haken gekrümmt. So als

würde er schon daran scheitern, die Fragen zu lesen. Geschichte war nicht sein Fach. Sport schon, natürlich. Mit Deutsch und Kunst hatte er auch keine Probleme. Vor allem mit Kunst. Nicht dass er wie ein Künstler aussah, damit könnte Helen ja leben. Nein, denn er sah aus wie ein Abercrombie&Fitch Model. Wie ein Tommy Hilfiger Model. Und solche Tommy Hilfiger Models sollten nicht gut in Kunst sein.

Das war nicht fair.

Erläutern Sie die Ursachen, die zum Deutsch-Französischen Krieg von 1970/71 geführt haben.

Die Familie lächelte sich an, als würde sie der Lärm ebenfalls nicht stören. Die Tochter den Sohn, der Sohn die Mutter, die Mutter alle anderen gleichzeitig und der Vater ihr neues Zuhause. Wie immer es der Werbeagentur gelungen war – man bekam den Eindruck, das Haus lächelte zurück.

Wir bieten Ihnen vier verschiedene Wohnungstypen:
Im fünften Geschoss entstehen drei Penthousewohnungen mit 360° Panoramadachterassenblick, Raumhöhen von drei Metern bei 120 bis 170 qm Wohnfläche! Zwanzig exklusive Eigen-

tumswohnungen, Größe ca. 70 bis 120 qm. Zwei Gewerbeeinheiten. Tiefgarage ...

Georg trug ein N.I.N.-Shirt. Vintage, aus reinem Modebewusstsein. Er hatte keine Ahnung von antiker Musik. Oder Musik überhaupt. Das Shirt saß perfekt. Betonte den Oberkörper, ohne ihn zur Schau zu stellen. Es wirkte, wie es sollte – es war erdig, auf bescheidene Art normal und gleichzeitig zeitgemäß und individuell. Außerdem verschleierte es ganz nebenbei den Reichtum seiner Eltern. Oder besser, es glich den Reichtum aus, den seine Schuhe ausstrahlten. Die Timmens wohnten nämlich in genau so einem Townhouse, wie sie gegenüber gebaut wurden. Eine Eigentumswohnung über zwei Etagen. Mit Dachterrasse. Und Tiefgarage für die zwei Mercedes. Wachschutz und Mauer drum herum. Um Leute, die nicht dort wohnen, fernzuhalten.

Leute wie Helen, dachte Helen.

Kommentieren Sie die Regierungszeit der Pariser Kommune.

Der Lärm von der Baustelle schwoll an. Aber das war noch gar nichts. Gleich würde der Kran loslegen.

... bodentiefe Panoramafenster, Loggia oder Balkon, Parkettböden mit Fußbodenheizung, optional Kamine, offener Wohn- und Essbereich, innovative Haustechnik, kontrollierte Wohnungslüftung, Video-Klingel-Gegensprechanlage ...

Die Schule musste all das ertragen, um, wie EO festgestellt hatte, nach dem Einzug der Besitzer selber schön leise zu sein. Wahrscheinlich würde die lächelnde Familie dann auch die Polizei rufen, wenn es auf dem Sportplatz zu laut wurde. Also täglich. »Hecheln Sie bitte leiser! Nicht so stöhnen beim Kugelstoßen! Keinen Torjubel, wenn ich bitten darf! Leise rennen, ganz sachte! Einfach Klappe zu beim Atmen! Sie müssen schon Verständnis haben – Wohneigentum ist eine wichtige Altersvorsorge, und Wertverfall bei Immobilien eine Tragödie für die ganze Gesellschaft. Das werden Sie alle doch sicher verstehen. Also bitte: Psst!« EO konnte gut Polizisten nachmachen. Oder jede andere Autoritätsfigur.

Helen dachte an ihre Dreizimmerwohnung. Eigentlich kein Wunder, dass ihr Vater jeden Morgen so schnell verschwand und so spät nach Hause kam. Er tat seinen Damen damit platzmäßig einen Gefallen. Und die Dunkelheit da drinnen, war nicht für jedes Gemüt geeignet, keine Frage.

Dann stellte sich Helen die Wohnung der Timmens vor. Bestimmt größer als sie in Wirklichkeit war, das gab sie gerne zu. Vor allem diese Dachterrasse. Dort sah sie sogar einen Pool, der aber bestimmt nicht existierte. Oder vielleicht doch? Ihr war so, als hätte mal jemand was von einer Poolparty erzählt. Kann aber auch auf dem Gartengrundstück der Timmens gewesen sein. Sie stellte sich jedenfalls vor, in diesem Pool auf der Dachterrasse zu liegen, mit einem Ausblick über die Stadt. Unter ihr wuselte der ganze Abschaum durch die Straßen, während sie mit ihren Füßen ein wenig Wasser auf sie runterspritzte und durch die Sonnenbrille in den Himmel griente.

Der Motor des Krans begann zu dröhnen. Gewalttätig, es klang eher so, als würde er etwas einreißen als aufbauen wollen. Einige in der Klasse warfen genervte Blicke durch die geschlossenen Fenster. Es war warm hier drinnen, wie unter einer Daunendecke, aber niemand würde für Lüftung sorgen, obwohl jeder schwitzte. Man machte jetzt keine Fenster auf. Es war das kleinere Übel.

Helen spielte mit dem Fusion-Armband herum.

Klar, man konnte es Großzügigkeit nennen. Aber wahrscheinlich war Frauke wirklich einfach eine manipulative Schlampe. Trotzdem dachte Helen nicht daran, das Armband abzunehmen. Warum sollte sie damit alle anderen nicht ebenfalls manipulieren? Sie war jetzt eine aus dem Hofstaat. Ganz offiziell. Man konnte sagen, das war für beide Beteiligten von Vorteil. Georg hatte es bereits bemerkt. Und daraus mit Sicherheit seine Schlüsse gezogen.

Bewerten Sie die Gründung des Deutsches Reiches im Hinblick auf die wirtschaftliche Entwicklung Deutschlands in den folgenden zwei Jahrzehnten.

Mit seinen blöden, großen eisblauen Augen.

Wie Helen sie hasste.

Beschreiben Sie die Umstände, die zur Cholera-Epidemie in Hamburg führten.

Das war die eine Frage in jedem Geschichtstest, die nicht direkt etwas mit dem Hauptthema zu tun hatte. Wie immer bei Herrn Godling eine Chance für die, die wirklich dabei waren, das Fach beherrschten und sich interessierten, zu zeigen, was sie konnten. Helen konnte Geschichte. Und Ego-Shooter. Und sonst eigentlich nichts.

Dumm gelaufen.

Sie wollte die Künstlerin sein. Sie sah aus wie eine. Sie verhielt sich wie eine. Georg war doch nur ein verwöhnter, abstoßend gut aussehender Idiot. Aber er war der Künstler. Zumindest würde er höchstwahrscheinlich einer werden. Allein schon, weil es sich seine Eltern leisten konnten, ihn dabei zu unterstützen, bis er vierzig wäre. Oder hundert. Er musste kein Geld verdienen. Nie in seinem Leben.

Helen jedoch beherrschte nur diese zwei Dinge. Sie beschäftigte sich mit Toten oder fabrizierte virtuell selber welche. Sie studierte Geister und Echos und ihre Geschichten. Legenden, umgestrickte Mythen und Anekdoten, von denen man nie genau wusste, was Wahrheit war, und was Lüge und Verdrehung. Sie mochte das, sicher, es faszinierte sie. Sie wusste nur nicht, weshalb.

Musste sie ja auch nicht.

Aber warum war da nicht mehr in ihr? Warum nur diese zwei Dinge, mit denen man nichts anfangen konnte? Außer Geisteswissenschaften studieren. Oder zu Hause sitzen. Letztendlich bedeutete das ja auch: Sie würde in einem erstaunlich übersichtlichen Zeitraum anfangen müssen, Geld zu verdienen. Auf ganz normale und primitive Art und Weise arbeiten.

Sie hasste nicht nur seine Augen.

Beschreiben Sie die Umstände, die zur Krönung Wilhelms I. zum Kaiser des Deutschen Reiches geführt haben.

Das Gartengrundstück der Timmens hatte bestimmt einen Pool. Wahrscheinlich auch einen Tennisplatz. Hinter dem ehemaligen Landhaus. Und dahinter, in einem ehemaligen, baufälligen Gewächshaus aus Holz und altem, streckenweise blindem Glas hatte Georg bestimmt sein Atelier. Oder direkt unter dem Heuboden der Scheune. Wo er Kunst machen konnte, ganz nach Belieben. Nach Lust und Inspiration. Tanztheater und Ölgemälde und Aktfotografie. Ein bodentiefes Panoramafenster mit Blick über den Garten. Den Garten stellte sich Helen wie eine mit Absicht leicht verwilderte Parkanlage vor. In bestimmten Teilen hatte man alles für die kleinen Gärten seiner Mutter geordnet, und dort wuchsen Kräuter und Blumen und winzige Zierkürbisse. Bei diesem Ausblick fand er seine neusten Ideen. Ein Refugium der Inspirationen.

Zum Erbrechen.

Oh, wenn sie nur wollte, würde sie nur zehn Sekunden brauchen bis zu seinem Herz. Bis sie ihn dort haben würde, wo er sie gestern gehabt hatte. Sie bräuchte wahrscheinlich sogar nur fünf. Eigentlich könnte er ihr gehören. Wann immer sie wollte. Sie war eine Hyäne im Körper eines Schwans.

Ich bin der Pimp, dachte sie.

Zählen sie die wichtigsten Leistungen Bismarks getrennt nach Innen- und Außenpolitik auf.

Die Timmens hatten auch eine Finca. Das wusste jeder. In der südlichen Ferne, auf einer Insel. Dort befand sich dann auch bestimmt ein weiterer Pool. Groß wie ein See. Mit einem feinen Wasserfall. Mit einem Blick über die Klippen und die Bucht. Und den Strand. Einen Privatstrand. Man hörte die Wellen, die gegen die Felsen schlugen, und das Rauschen des Meeres. Wann immer die Timmens da waren, war das Wetter perfekt. Warm, dazu die Brise auf der gebräunten Haut und ab und an stellen sich die Härchen an den Armen auf. Ein Cocktail für alle. Mit Früchten. Danach eine Flûte mit Champagner, dessen Namen niemand richtig aussprechen konnte. Möwen gab es nicht. Es gab überhaupt keinen Lärm. Später wären nur noch Helen, und er, und die freundlichen Putzkräfte, und der halb nackte Pooljunge, und der muskulöse Gärtner mit der gegerbten Haut übrig. Und auch die würden verschwinden, wenn es Abend wird und der Himmel zu brennen und leuchten beginnt, und das Wasser im Pool wird noch immer so warm und klar sein, und in der Ferne, direkt über dem Horizont ein Gewitter, stille Blitze und ein stiller Sturm, während es hier windstill sein wird, und als sie aus dem Becken steigt, spürt sie, wie warm der Steinboden noch ist, so warm, dass sie ihre Fußsohlen gar nicht mehr von ihm heben möchte. Sie spürt die Textur der kleinen Steinchen in ihrer Haut, und die Sterne über ihr erwachen, während sie sich einfach hinlegt, der ganze Körper noch feucht, und die Wärme in ihren Rücken steigt …

Der Kran hob genormte Bauteile durch die Luft. Irgendwas an den Bewegungen vermittelte Helen den Eindruck, dass es dem Kranfahrer Spaß machte, mit seiner Maschine herumzufuhrwerken.

Georgs Zähne waren weißer als die aller anderen.

Helen hatte Lust auf eine Erfrischung.

Wie viele Leben – Soldaten und Zivilisten – kostete der Deutsch-Französische Krieg 1870/71? Beschreiben Sie die Auswirkungen auf die folgende Generation.

Das ist nicht Lehrplan, hätte Hannes gesagt. Aber das war auch eine sehr typische Frage für Herrn Godling. Aus den abstrakten Flüssen der Geschichte die Menschen herausfischen, wie er es nannte. Und manchmal nur die Ausmaße gewisser Momente aufzeigen.

Herr Godling war jung, groß und dünn. Er sah aus wie ein Absolvent aus Oxford. Er hatte sich nie als Lehrer vorgestellt, er nannte sich immer nur Humanist. Was die meisten am Anfang als Humorist verstanden hatten. Er hat lange gebraucht, um halbwegs Autorität zu gewinnen.

Irgendwie ist es doch traurig, ein Junge zu sein, dachte Helen. So viel darstellen zu müssen. Von außen und von innen geradezu dazu gezwungen. Ein Junge zu sein, bedeutet doch, ab einem bestimmten Punkt wie ein Sklave zu leben. Ein Sklave seiner eigenen Hormone. Warum zeigten sie sich sonst jeden Tag ihre dummen Filmchen? Warum dieses ganze Primatentheater jeden Tag? Und – wenn sie Sklaven ihrer Hormone sind, dann sind sie doch eigentlich Sklaven von uns, oder? Wir Mädchen sind nur zu blöd, das auszunutzen, dachte Helen. Sinnvoll auszunutzen, ergänzte sie. Alle bis auf die Königin zumindest.

Der Lärm fiel mittlerweile niemandem mehr auf. Ein Hintergrundgeräusch. Die Hitze im Raum störte dafür um so mehr.

Helen stützte ihren Kopf so auf den Arm, dass jeder,

der in ihre Richtung sah, das Fusion-Armband entdc cken würde. Sie war schon lange fertig mit den Aufgaben. Nach und nach beendeten auch die anderen ihre Antworten. Georg würde einer der wenigen sein, der nicht alles schaffte.

Fick dich, Georg.

Der beste Moment kommt, wenn ich es so will.

Speicherpunkt erreicht!

SPIELSTAND GESPEICHERT

Blitz.

Und Schulglocke.

Große Pause, zweiter Teil.

LEVEL VIER

Leander bestand darauf, dass Helens Art, Spiele zu spielen, durchaus Kunst sei. Aber Helen stimmte ihm nicht zu. Es kam ihr einfach nicht so vor. Hannes nannte das Ganze sogar ernsthaft Sport (nicht einmal E-Sport, sondern einfach nur Sport), aber das war auch Unsinn. Oder Wunschdenken. Es war nur Spiel. Vielleicht und bestenfalls noch eine Art Handwerk, das man erlernte. Das man meistern konnte. Ein nutzloses Handwerk, das der eine besser und der andere schlechter beherrschte.

Helen eben etwas besser.

»Sehr viel besser als du auf jeden Fall.«

Außerdem machte Leander viel zu oft diese Gänsefüßchengeste mit seinen Zeige- und Mittelfingern, wenn er sprach. Eben wieder bei dem Wort »spielen«, und leider auch bei dem Wort »Kunst«, was die ganze Aussage ein bisschen untergrub, wie Helen fand.

Leander hätte eigentlich gut in ihre kleine Gruppe von Möchtegernaußenseitern gepasst. Aber P.H. konnte Leander nicht ab und Leander mochte P.H. nicht. Kann vorkommen. Fand Helen aber schade. Wenn schon EO dazugehörte, der so normal war, dass man ihm fast dazu gratulieren mochte …

»Ist ja keine Kunst.« Leander wartete, ob der Witz – von wegen Kunst – zündete, aber Helen war zu sehr in Gedanken, um ihm folgen zu können.

Da P.H. auf Mittagessen verzichtete und Hannes bei sich zu Hause aß, war sie meistens mit Leander unterwegs, um sich Futter zu suchen. Jäger und Sammler. Selten Sushi, manchmal KFC, meistens aber einfach beim Bäcker auf der anderen Seite vom Platz. Belegte Brötchen. Sie gingen schon allein deswegen da rüber, um einen vernünftigen Kaffee zu bekommen. Nur vernünftig, wohlgemerkt – nicht gut.

Manche hielten Leander für schwul, aber er war metrosexuell. Das hieß, er achtete so sehr auf Mode und sein Aussehen, dass es irgendwie feminin wirkte. Außerdem hatte er ein fieses Achtziger-Jahre-Faible. Er trug gerne Pastellfarben, kunterbuntes Zeug manchmal, wie in den antiken Musikvideos. Farben, die eigentlich verboten werden müssten. Doch egal wie er wirkte – er war stock-hetero. Er erklärte das so: Er liebt Frauen. Und Nachahmung ist die höchste Form der Verehrung (Bei diesem Satz gab es nie Gänsefüßchengesten). Angeblich gehörte er sogar zu denen, die schon die Großzügigkeit der Königin erfahren haben. Kann sich Helen sogar gut vorstellen, die beiden. Hätte sogar Stil. Aber über so was war bei Leander nichts zu erfahren. Keine Reaktion, kein Kommentar.

Außerdem hatte er lächerlich lange Wimpern, nicht nur für einen Mann.

Der Bäcker war wie immer angefüllt mit Schülern. Die beiden Verkäuferinnen waren diesen Mittagsansturm gewohnt. Kaffees warteten schon fertig abgefüllt in ihren Pappbechern. Es waren ausreichend Salami-, Tomate-Mozarella- und Käse-Schinken-Brötchen vorbereitet.

Helen stand an und dachte darüber nach, was sie machen könnte. Mit ihrer Fähigkeit. Sie war jetzt in der Lage, Dinge zu tun, die sie noch nie getan hatte. Einfach so. Aber ihr fiel nichts ein. Gerade jetzt hatte sie keine Idee. Komischerweise. Zumindest nichts, was sie wirklich, wirklich damit tun wollte, was es wert wäre, mit dieser Fähigkeit getan zu werden. Eigenartig. Warum fiel ihr nichts ein?

Vielleicht weil sie sich nicht mal entscheiden konnte, welchen Belag sie wollte …

Speicherpunkt erreicht!

SPIELSTAND GESPEICHERT

»Ey, komm zu Potte!«, meckerte Jacob hinter ihr.

Natürlich, sie konnte jederzeit noch mehr Jungs verprügeln. Aber auf Dauer brachte das nicht viel. Die lernten ja sowieso nichts daraus.

»Tomate-Mozarella, bitte.«

Leander wartete schon mit den Kaffees und seinem Stück Plunder draußen. Er hatte einen Tisch besetzt gehalten, im Schatten eines gelben Schirms.

»Wird heute noch gewittern«, sagte Helen.

»Woher willst du das denn wissen?«

»Ich weiß es eben. Mahlzeit.«

Leander hatte die Beine übereinandergeschlagen. Also auf die weibliche Art. Machen ja viele Jungs. Aber bei keinem wirkte es so feminin. Lag womöglich an den langen Beinen. In seiner Gegenwart fiel ihr erst auf, wie sehr sie selbst feminine Gesten vermied. Nachahmung als höchste Form der Verehrung? (War das nicht ein Spruch von irgendeinem Maler oder Schriftsteller gewesen?)

Vermeidung dann also als höchste Form der …?

Sie kaute ihr Brötchen und beschloss, heute nicht mehr über Kunst oder Künstler nachzudenken.

Der Mozarella kaute sich wie Gummi.

Helen glaubte, dass sie und Leander sich mal geküsst hatten. Aber sie waren sehr betrunken gewesen. Obwohl … Ganz ehrlich? Sie erinnerte sich nicht. Deshalb würde es auch nicht gelten, selbst wenn es wirklich passiert sein sollte. Sicher war nur, dass sie damals noch nie so viel getrunken hatte. Es war auf der Klassenfahrt gewesen, im Vorjahr. Leander war erst seit ein paar Wochen an ihrer Schule gewesen. Er war noch neu. Und deshalb sehr interessant. Während dieser Tour begann es auch, dass P. H. ihn nicht mehr als neu empfand, sondern als störend. Wohl, weil er ihr zu bunt war.

Helen hatte endlich eine Eingebung. Eine Idee, was sie machen könnte. Vielleicht war es eine blöde Idee, aber –

»Lust, zu knutschen?«

Leander schaute sie mit Backen voller Kuchen an, ohne weiterzukauen. Wie ein erstarrter Goldhamster.

Okay, ja, nein, das war wirklich eine blöde Idee gewesen.

Letzter Spielstand wird geladen …

»Ey, komm zu Potte!«, maulte Jacob.

»Ich hätt gern mit Salami.«

Als sie wieder bei Leander war, blickte dieser über den Platz. Über ihre Betonwüste. Der Platz war so heiß, dass die Luft flimmerte. Der Boden sah flüssig aus. Wie schlammiges Wasser. Helen bemerkte es erst jetzt: Leander beobachtete Frauke. Sie sah von hier aus wie ein schlankes, schönes weißes Segelschiff, das über das Meer glitt.

Helen wollte eigentlich gar nicht mit Leander knutschen. Vielleicht irgendwann mal. Vielleicht auch nicht. Was sie wollte, war etwas essen. Aber die Salami hatte unter der Hitze ziemlich gelitten. Sie schwitzte Fett aus und wölbte sich an den Rändern.

Letzter Spielstand wird geladen …

»Ey, komm zu Potte!«

»Ich probiere mal die Schinken-Käse-Kombination. Ist die frisch gemacht?«

»Halbe Stunde her, maximal.«

»Prima.«

Vielleicht sollte sie Verbrechen verhindern. Beziehungsweise ungeschehen machen. Sie könnte eine Art Super Girl sein. Safe Point Girl. Wobei ihre Heldentaten ewig unbesungen bleiben würden. Nie würde jemand erfahren, was sie an Wundern vollbracht hätte. Sie musste schon sagen, das nahm dem Ganzen dann irgendwie den Reiz.

So eine bin ich also, stellte sie fest.

Helen richtete das neue Armband. Hatte sich bestimmt genauso schnell rumgesprochen wie ihre anderen Taten heute. Sie bildete es sich nicht mehr nur ein, jetzt war sich Helen sicher. Nicht unbedingt superheldenhaft, aber immerhin. So ziemlich jeder, der sie kannte, sah sie heute in neuem Licht. Es war nicht nur ein neuer Tag. Sie war für den Rest der Welt eine neue Helen.

Nur für Leander nicht. Zumindest ließ er sich nichts anmerken. Er folgte wieder dem Segelschiff namens QUEEN BITCH auf der anderen Seite des Meeres. Die Segel weiß und aufgebläht in voller Fahrt.

Vielleicht wollte sie ihn nicht knutschen, aber sie wollte doch seine Aufmerksamkeit.

Außerdem war sie neugierig. Man konnte schon Sachen mit der Fähigkeit anfangen. Selbst wenn es nur darum geht, Fragen zu stellen.

»Sag mal, haben wir damals …? Auf der Klassenfahrt?«

Er sah zu ihr. »Was?«

Schinken-Käse war wirklich die beste Wahl gewesen.

»Als wir die Portweinflaschen leer gemacht haben und so betrunken waren. Haben wir uns da noch geküsst? Später dann?«

Helen merkte, dass sie auch für sich selbst neu war. Ihr Selbstbewusstsein war seit dem Morgen um zwei Nummern gewachsen.

Leander zog die Augenbrauen zusammen. Sie trafen sich in der Mitte, wie zerknautschte Fellbällchen. Ja, Helen hatte jetzt seine Aufmerksamkeit.

»Weiß du das echt nicht mehr?«

Hatte sie es doch geahnt. Dann war das gestern mit Georg nicht ihr erster Kuss gewesen. Was Helen so auch sehr viel lieber war. Sie lachte ihn an. »Leider nicht. Wie war es denn gewesen?« Ihr Selbstbewusstsein war ja fast schon pathologisch!

»Woher soll ich das denn wissen?« Er schlug seine Beine neu übereinander. »Du hast echt keine Ahnung mehr, oder?«

Helen wurde plötzlich flau im Magen.

»Nee.«

Jetzt zog er die Augenbrauen hoch. »P.H. und du. Ihr habt.«

Immer flauer.

»Unsinn.«

»Also, vor allem sie dich. So richtig. Ich glaube, sie –«

Helen schüttelte den Kopf.

»Weißt du eigentlich, warum P.H. damals Kristina Jäger eine geknallt hat? Das Jägerschnitzel wollte es weitertratschen. War mein Fehler gewesen. Ich hatte es ihr erzählt. Deshalb mag sie mich auch nicht. Also P.H. Oder vielleicht nur, weil ich dabei war. Anfangs zumindest.«

»Du erzählst Mist.«

»Ich fand euch ganz süß …« Er verdrehte seine Zunge und bewegte sie hin und her.

»Arschloch!«

Sie wusste eigentlich nicht genau, warum sie sich aufregte. Was da in ihr vorging.

»Aus Berufung«, sagte er. Leiser. Er biss lieber noch etwas vom Plunder ab.

Warum aufregen? Nichts hatte sich geändert.

Vielleicht darum.

Vielleicht weil das nicht stimmte.

Vielleicht weil P.H. nie darüber geredet hat. Nie etwas gesagt hat, sich nie etwas hat anmerken lassen. Weil …

Helen würde heute nicht mehr an Kunst oder Küssen denken. Sie würde heute am besten gar nicht mehr denken, beschloss sie.

Letzter Spielstand wird geladen …

Das war ein Reflex gewesen.

Aber das brachte dieses Mal nichts.

Sie hätte auch gern ihre Erinnerung neu geladen. Oder besser: sie gelöscht. Sie wollte das nicht wissen. Das Wissen fummelte an ihren Gefühlen herum.

Sie fühlte sich aus irgendeinem Grund verraten.

»Ey, komm zu Potte!«

Helen hatte keinen Hunger mehr.

*

Es gab wirklich zwei Pochensens: den »Schatten« und den »Menschen«. Der erste Pochensen war Aufsicht – der zweite Vertrauenslehrer.

Helen hatte gelogen und erzählt, dass sie eine Freistunde hätte. Vielleicht hat er es ihr geglaubt, vielleicht auch nicht.

Zu ihrer Überraschung stellte Pochensen keine dummen Fragen. Nicht nach ihrer Familie. Nicht nach ihrem Wohlbefinden. Nicht nach Problemen in der Schule.

Trotzdem – eigentlich wusste sie gar nicht, was sie hier wollte.

Sie war vorhin einfach aus der Bäckerei gegangen und in die Stadt. Helen hatte beschlossen, einfach ihren Impulsen zu folgen. Fertig.

Taten alle anderen ja auch. Ganz offensichtlich.

Sie war in die Arkaden gegangen. Schon allein deshalb: Es herrschte hier ein wunderbar kühles Klima. Falsch und übergrell, aber so war ja alles hier. Normalerweise fand sie es zum Speien. Doch wenn das nicht gleichzeitig der beste Ort für Impulsleben ist?

Helen ist gänzlich sinnentleert herumgelaufen. Überall war von Sonderangeboten und Schnäppchen die Rede. Das Schönste war, dass keiner sie bemerkte, niemandem fiel sie auf. Sie ging völlig unter in den Menschenmassen. Dabei war es nicht einmal sehr voll um diese Zeit, aber Helen war kaum einen Meter sechzig groß und niemand kannte sie und alle anderen hatten sich doppelt so hergemacht wie sie. Es war, als ob sie verschwunden wäre. Hier und jetzt war sie pH-neutral.

Und wütend. Wieder ganz und gar Nez. Sie konnte immer noch nicht genau sagen, was sie so aufregte. Den Finger nicht drauflegen. Gedanken drehten sich munter lustig, bis ihnen ganz übel wurde. Wenn P.H. der Kristina deswegen eine geknallt hat, dann stimmte es wohl. Leader hatte nicht gelogen. Warum sollte er auch? Im Gegensatz zu P.H.

Helen überlegte, ob da noch etwas gewesen war. Danach. Sie überlegte auch, wie weit das gegangen sein mag, nachdem Leander weg war. Wie betrunken P.H. gewesen war. Ob das als Entschuldigung gelten könnte. So oder so – es fühlte sich immer noch gleich an. Verraten fühlte es sich an.

»Pass doch auf, wo du hinläufst, dumme Kuh!«, rief eine Mutter, die Helen fast umgerannt hatte. Die Mutter trug ihr Kind wie einen Sack Kartoffeln.

Dumme Kuh? Das gefiel Helen.

»Muh!«

Dann nahm sie direkt vor den Augen der Mutter drei der Strapsstrümpfe aus dem Regal und sah ihr dabei ins Gesicht. Diebstahl, ja genau! Einfach weil sie es noch nie gemacht hatte. Einfach um die Frau ein wenig zu schockieren. Komischerweise rief diese keinen Sicherheitsdienst. Überhaupt, es kam niemand. Sie stopfte sich noch ein paar Slips und BHs in die Hose. Es ging nicht mal ein Alarm los, als sie das Geschäft verließ. Das war irgendwie enttäuschend. Wo blieb da der Kick? Sie warf den ganzen Krempel in einen Mülleimer.

Es war ja nicht so, dass sie etwas dagegenhätte, mit nem Mädchen rumzuknutschen. Hatte sie sich zwar noch nie einen Kopf drum gemacht, aber nein, darum ging es nicht.

Es geht darum, dass ich jetzt aufhöre, darüber nachzudenken, dachte Helen.

Plötzlich entdeckte sie wieder das Fusion-Armband an ihrem Armgelenk. Das war irgendwie auch falsch. Sie warf es ebenfalls in den Mülleimer.

Nein, Helen wusste sehr wohl, warum sie sich so aufregte.

Weil man sie belog und betrog.

Manipulierte und verarschte.

Deshalb.

Weil alle irgendwelche dummen Gefühle für sie entwickelten.

Weil sich niemand um ihre Gefühle kümmerte.

Weil sie nur in Ruhe gelassen werden wollte.

Wäre nicht alles einfacher, wenn sie allein wäre? Dann wäre nichts mehr so schwer. Ganz allein, dann war niemand da, der etwas komplizierter machte. Und niemand würde etwas von ihr wollen oder erwarten.

Nur sie und ihre Impulse.

In diesem Moment quatschte sie ein Student mit gänseschmalziger Haartolle und enger Lederjacke von der Seite an. Mit einem dummen, falschen, fusselbärtigen Grinsen unter der blöden Hipsterbrille. Er war zehn Jahre älter als sie. Mindestens. Sein Spruch war von ausgesuchter Blödheit:

»Kein Schule? So ein Zufall! Ich auch nicht –«

Letzter Spielstand wird geladen …

Sie begann Jacobs Stimme echt zu hassen.

Dann ging sie nach Hause.

Auf dem Weg ignorierte sie eine rote Ampel. Nicht einmal gedankenverloren. Sie wollte nur nicht stehen bleiben. Auf der anderen Seite berührte sie eine Frau am Arm

»Sie sollten ein besseres Vorbild sein.« Der Tonfall eines Oberstleutnants. Der Blick einer rechtschaffenen Religionsgelehrten. Ein kleiner Junge stand neben ihr und blickte zu Helen hoch wie zum Mond.

»Es war rot«, erklärte die Frau.

Solche Menschen mochte Helen überhaupt nicht. Aber natürlich hätte sie sich entschuldigt oder wäre bestenfalls einfach weitergegangen. An allen anderen Tagen.

»Brauchen Sie das? Das Rechthaben? Das ist wichtig für Sie, oder?«

Damit hatte die Frau nicht gerechnet. Sie blinzelte. Aber Helen war noch nicht fertig.

»Vielleicht erziehen Sie einfach mal Ihr Kind und nicht andere Leute. Das wird wahrscheinlich auch nicht besser klappen, aber das ist zumindest Ihr Job. Schönen Tag noch.«

Dann erst ließ Helen sie stehen. Sie ging aufrecht. Ein wohliges Gefühle breitete sich in ihrem Brustkorb aus. So eine Antwort war ihr schon oft durch den Kopf gegangen. Antworten, die sie so noch nie gegeben hat. Nur in den Dialogen, die dann in ihrem Kopf folgten. Bei denen sie auf diese Art versuchte, mit diesen winzigen, winzigen Demütigungen umzugehen.

Schade, dass ich nicht noch ein wenig pampiger geworden bin, dachte sie.

Die Wohnung war leer.

Eigentlich hatte sie erwartet, ihre Mutter zu sehen. Obwohl es Helen passte, allein zu sein, konnte sie sich nicht vorstellen, wo ihre Mutter war. Irgendwie wäre es doch schön gewesen, ihre Stimme zu hören. Selbst wenn sie von jenseits des Schleiers gekommen wäre. Hätte gereicht. Aber vielleicht dachte sie nur, das wäre angenehm. Kann sein, dass Helen auch an die Decke gegangen wäre. Dann hätten sie sich wieder gestritten und darauf konnte sie definitiv verzichten.

Egal das alles … aber Helen fühlte sich schon wieder betrogen.

Sie setzte sich vor die Konsole, schaltete sie an, lauschte dem sanften Summen und spielte.

Aus irgendeinem Grund war auch Uwe online. Vielleicht war er krank. Oder schwänzte. Oder hatte seine ganz eigenen Probleme. Sie fragte ihn aber nicht, und er sie auch nicht. Sie zockten nur. Wie meistens.

Sie hatte Uwe vielleicht drei- oder viermal gesehen, zusammen mit Hannes. Die beiden waren ziemlich eng. Wenn Hannes ihr nicht hinterherlief, nicht in der Schule war oder zockte, war er wohl bei Uwe. Aber das war das Gute an Uwe. Er war da, einfach so, ohne da zu sein. Also ohne jemandem auf den Keks zu gehen. Es tat gut. Uwe war ihr Scharfschütze. Er war ein hervorragender Scharfschütze. Weil eben – er war da, ohne da zu sein. Sie waren ein gutes Team, mal wieder, selbst nur zu zweit. Dreißig Frags in fünf Minuten. Ihre Gegner waren wohl Russen oder so. Bei denen war es bereits Abend.

Helen hätte jetzt sogar in Kauf genommen, diesen

Tag offiziell als Schwänzerin abzuschließen. Wenn sie wieder einen Speicherpunkt im echten Leben erreicht hätte, dann wäre es eben so gewesen. Sie war jetzt ruhiger. Nicht Zen, aber auch nicht mehr Nez.

Aber Uwe musste plötzlich weg.

So spielte sie noch ein paar Minuten herum, aber –

Spielstand wird geladen …

»Ey, komm zu Potte!«

(Obwohl Jacob ja eigentlich nicht unrecht hatte.)

Sie hatte sich wieder zu Leander gesetzt und einfach nur den Kaffee getrunken. Als sie das Fusion-Armband spürte, war sie einen Moment lang verwirrt gewesen.

Sie schwiegen. Leander beobachtete Frauke. Bis ihm irgendwann die Stille auffiel.

»Was ficht dich an, Holde?«

Helen hob nur den Pappbecher. »Bin einfach müde.« Sie erinnerte sich daran, wie der »Schatten« Pochensen aus dem Dunkel der Kastanie an sie herangetreten war.

Das Problem war, dass sie mittlerweile nicht mehr genau wusste, was wirklich geschehen ist und was nicht. Was von ihren Erlebnissen und Erinnerungen existierte und was sie durch neues Laden wieder ausgelöscht hatte. Das bereitete ihr ernsthaft Kopfschmerzen. Allein bei dem Versuch, es in Worte zu fassen, bildeten sich Knoten in ihrem Gehirn. Sie hat lange gebraucht, um sicher zu sein, dass Pochensen wirklich gesagt hatte, er sei jederzeit für sie da.

Hatte er aber. Sie trug ja auch wieder das Armband.

Und nun saß sie hier, in dem kleinen, hellen Büro neben dem Sekretariat.

»Wenn ich das richtig verstanden habe, dann spielen Sie Ego-Shooter, ja?«, fragte Pochensen.

Oh nein, dachte sie. Nicht das jetzt. Nicht auch noch er –

»Herr Köpke erwähnte das. Spielen Sie?«

Ja, dachte sie. Im gewissen Sinne gerade jetzt. Gerade jetzt sitze ich in genau in diesem Augenblick zu Hause, allein, Mutter ist aus irgendeinem eigenartigen Grund nicht da, und spiele genau *jetzt* mit Uwe online gegen einen cRUELiGOR666, einen noVoVlad, einen XoXoFU und ThisIsSparta59. In einem parallelen Universum. Das ich nicht abgespeichert habe.

Das es also gar nicht gibt.

Mein Gehirn tut weh, dachte sie.

»Das habe ich auch, früher«, sagte Pochensen. »Ziemlich viel sogar.«

Das weckte Helen auf. »Sie zocken?«

»Kennen Sie Doom?«

»Ja. Also nein. Ich habe schon davon gehört.« Sie war sich noch nicht sicher, ob das keine Falle war. Ein Hinterhalt. Auf der Hut bleiben, dachte sie.

»Und auch von dem Spiel davor? Dem Spiel, über das man nicht sprechen darf?«

»Ja.« Sie kicherte ganz unwillkürlich. Fast wie ein kleines Mädchen. Er hat sie wirklich überrascht. Kalt erwischt. »Ich kenne auch das davor, das, über das man nicht sprechen darf.«

»Ich nenne das Spiel deswegen Voldemort. Mit Voldemort hat ja alles angefangen«, Pochensen flüsterte fast. Vertraulich – logisch, als Vertrauenslehrer. Und er lächelte. Ein lächelnder Pochensen war so was von eigenartig.

Helen musste jetzt sogar lachen: »Okay. Ich habe Voldemort aber auch nie gespielt. Doom eben auch nicht. Die Grafik sieht wirklich sch- … schlecht aus. Da kann man nichts erkennen. Ich finde, Halo ist ja schon antik.«

»Tja, wahrscheinlich. Aber ich denke, da verpassen Sie etwas.«

Das meinte sie mit: Pochensen der Mensch.

»Man sollte immer wissen, wie alles begann. Es ist nie falsch, die Ursprünge zu kennen. Zurückzusehen, und sich zu fragen, wie die Dinge an den Punkt gekommen sind, an dem sie sich nun befinden. Und wohin es vielleicht führen kann.« Er brach ab und nickte. »Grafik ist nicht alles.«

Das klang fast wie ein allgemeingültiger Sinnspruch, ein Motto fürs Leben. Praktische Philosophie. Oder wie ein Wappenspruch derer zu Pochensen: Grafik ist nicht alles!

»Damals gab es noch keine Möglichkeit, nach oben oder unten zu sehen. Springen war auch nicht. In Deckung gehen war ebenfalls noch nicht erfunden. Man musste im schlimmsten Fall jedem Schuss einzeln ausweichen. Es gab auch keine Speicherpunkte. Man konnte jederzeit und überall sichern.«

Das war Helen wirklich neu. Keine Speicherpunkte?

»Und ich fand sogar immer, dass das spannender war als bei den Spielen heute. Taktischer. Wie spart man sich seine Heilpakete auf? Wann nimmt man sie?« Pochensen redete weiter, aber Helen versuchte sich vorzustellen, wie es wäre, wenn sie das auch könnte … jederzeit nach Belieben abspeichern. Hui! Das wäre ja wohl das Geilste –

»Es freut mich jedenfalls, dass Sie gekommen sind.« Pochensen wartete einen Augenblick. Ihr fiel wieder auf, wie dick sein Bauch war. Nur sein Bauch, nicht der Rest des Körpers. »Wie kann ich Ihnen helfen?«

Helen spielte mit dem Armband. Wie? Ja, wie? Wie konnte er ihr helfen?

»Warum ist das alles so schwierig?« Dumme Frage, dachte sie sofort.

»Gute Frage«, sagte Pochensen. Er stützte seinen Kopf auf und nickte auf eine alberne Hollywood-Art. »Ich nehme an, Sie haben sich schon Ihre Gedanken dazu gemacht.«

Helen nickte. Mit leicht schräg gelegtem Kopf, was bedeutete: Ja, hat aber nichts genutzt.

»Ich könnte jetzt mit der Materie beginnen, auf die Herr Köpke verweisen würde, um Antworten zu bekommen, aber wie wir wissen, sind das nicht Ihre Antworten. Hängen Sie irgendeiner Ideologie an? So etwas wie Kommunismus oder Libertarismus oder Atheismus oder Anarchismus?«

Bei allen Begriffen schossen ihr geschichtliche Daten und Ereignisse und die Namen historischer Gestalten durch den Kopf, aber das war es auch schon.

Letztlich dachte sie an P. H. und ihre Antwort auf diese Frage:

»Wohl nur ganz normal Konsumismus. Befürchte ich.«

»Den Eindruck machen Sie gar nicht.«

»Danke«, sagte sie und gefiel sich in ihrer koketten Gewitztheit. Ist ja schrecklich mit mir, dachte sie.

»Ich verrate Ihnen etwas. Es ist eigentlich kein Geheimnis. Aber leider wissen die meisten Leute nichts davon. Außerdem ist es etwas, das in keinem Fach gelehrt wird. Ich finde zwar, es gehört in den Stundenplan, zumindest im letzten Semester, aber auf mich hört ja keiner.« Er sah sie jetzt ganz genau an. »Helen, Menschen sind dumm. Selbst mit Abitur. Oder einem Doktor. Oder Professur meinetwegen. Die allermeisten von uns sind richtige Idioten. Ich auch. Sie auch. So gut wie immer, an jedem Tag. Ich meine … Zum Beispiel: Wie viele glauben noch immer, dass Schokoladen-Nuss-Creme ein guter, gesunder Brotaufstrich ist?«

Okay, okay. Es gab also drei Pochensens: Schatten, Mensch – und wirrer Kauz. Er deutete ihren Gesichtsausdruck wohl falsch, als er weiter erklärte:

»Sehen Sie! Damit könnte ich die Beweisführung

schon abschließen.« Er beugte sich noch weiter vor. »Aber passen Sie auf. Denn am schlimmsten sind die, die glauben, sie wären keine Idioten.« Er lachte ein eigenartiges und leises Lachen. »Vor denen müssen Sie sich hüten. Wirklich in Acht nehmen.«

Helen bezweifelte nicht, dass er ihr helfen wollte. Bitte schön. Aber je länger sie ihm zuhörte, desto mehr klang es, als würde er sich selbst überzeugen wollen. Vielleicht lag hier ja auch irgendwo ein angebissenes Nutella-Brot herum.

»Wenn Sie das nicht vergessen, dann ergibt alles, was um sie herum passiert, plötzlich sehr viel mehr Sinn. Zumindest geht es mir so.«

Sie wusste nicht, was sie dazu sagen sollte. Sie überlegte schon wieder, ob sie neu laden musste. Aber dann dachte sie daran, dass Jacob hinter ihr stehen würde.

Komm zu Potte, dachte sie.

Helen richtete sich etwas auf. »Ich werde es mir merken.«

Pochensen lächelte. »Ja. Gerade sitzen … Entschuldigung, ich will nicht wie ein Kindergärtner klingen, aber wenn Sie gerade sitzen, dann verändert sich auch Ihre Einstellung. Vor allem Ihnen selbst gegenüber.«

Raus aus der Eichhörnchenposition, zumindest das konnte sie bestätigen. Je krummer sie saß, desto krummer fühlte sie sich. Das Gefühl kannte sie.

Helen richtete sich ganz auf. »Ja. Ich weiß. Ich vergesse es nur immer.« Höflich und unverbindlich. Sie wollte hier nun wieder raus. »Danke.« Dann stand sie auf.

Pochensen nickte und lächelte versonnen. Als wäre er jetzt hinter einem ähnlichen Schleier wie ihre Mutter verschwunden. Mehr mit sich selbst beschäftigt als mit ihr. Dann saß auch er gerade. Sein Bauch schien noch größer geworden zu sein.

Pochensen die Plauze. Seine vierte Inkarnation. Und vielleicht sogar sein wahres Ich.

»Soll ich Ihnen vielleicht eine Entschuldigung für diese Stunde schreiben? Sicherheitshalber?«

Warum sind Männer eigentlich immer so gönnerhaft, wenn sie versuchen, freundlich zu sein?

*

Helen muss fünf oder sechs Jahre alt gewesen sein, als sie sich das erste Mal in ihrem Leben richtig verlaufen hatte.

Sie waren zu Besuch beim Cousin ihres Vaters gewesen, der in einer Kleinstadt gewohnt hatte. Sie wusste nicht mehr, wo diese Stadt lag oder wie sie hieß. Der Cousin ist da auch schon vor Jahren weggezogen. Oder vielleicht sogar gestorben, sie wusste es gerade wirklich nicht. So oder so, damals waren sie oft dort gewesen. Kleine Urlaube zwischendurch. Lange Abende, an denen ihre Eltern und Verwandten viel tranken.

Eines Tages, als sie für ein verlängertes Wochenende zu Besuch waren, hatte sie sich in einem Feld verlaufen. Die Pflanzen waren so groß gewesen wie sie. Die meisten sogar größer. Sie wanderte zwischen ihnen hindurch. Sie wusste da bereits, dass sie sich verlaufen hatte, dass sie keine Ahnung hatte, wie sie wieder aus dem Feld hinauskommen sollte. In welcher Richtung die Häuser lagen oder wo der Weg war oder ihre Eltern. Aber sie hatte keine Angst gehabt.

Es war ein sonniger Tag gewesen, strahlend. Selbst dort im Feld war alles hell gewesen. Das Gelb des Weizens (oder war es Raps oder Mais gewesen?) schien zu leuchten. Ein warmer Wind bewegte das Feld. Es war, als liefe sie in einem goldenen Meer, den Kopf knapp unter der Oberfläche.

Es war als wäre sie in einer anderen Welt.

Sie wandte sich mal in die eine, mal in die andere Richtung. Nicht suchend. Nur neugierig. Helen versuchte eigentlich gar nicht, den Ausgang zu finden. Sie blickte nach oben, in den hellblauen, klaren Himmel und dachte gar nicht daran, sich zu fürchten. Sie kam sich dabei selbst wie ein Gespenst vor, wie ein unbekanntes, unbenanntes Wesen, das in diesem komischen gelben, leuchtenden Meer lebte. Jedenfalls nicht wie Helen, das kleine Mädchen. Sie war in ihrer Welt, es war ihr Meer. Sie war allein und glücklich. Vielleicht weil es wie in einem Traum gewesen war. Helen wusste nicht, wie lange sie dort im Feld gewesen ist. Es kam ihr heute vor, als wären es Wochen gewesen. Ein ganzes Leben.

Irgendwann sind zwei Beine aufgetaucht, die ihr wie die eines Riesen erschienen. Dann beugte sich der Oberkörper des Riesen herab und seine großen Hände nahmen sie auf und hoben sie an, als würde sie nichts wiegen. Ihr Vater hatte sie gefunden. Sie lachte ihn an. Er hob sie auf seine Schultern, und erst jetzt sah sie, wie groß und endlos dieses Feld wirklich war. Es war wunderschön, wie es im Wind tanzte. Sie sah, dass sie dort drin wirklich hätte verloren gehen können. Vielleicht für immer.

Ihr Vater wanderte mit ihr weiter, und nun, schwebend zwischen dem gelben Meer und dem blauen Himmel, auf den Schultern des Riesen, war sie zwar nicht mehr allein, aber in Sicherheit. Eine Art Tausch. Ein fairer Handel. Damals.

Helen erinnerte sich jetzt daran, weil sie beschlossen hatte, nach der Schule nicht nach Hause zu gehen, sondern ihren Vater auf seiner Arbeit zu besuchen. Um ihn zu fragen, woher der Schleier kam, hinter dem sich ihre Mutter versteckte.

Um ihn zu fragen, was mit den beiden los war.

Aber wenn wir etwas erfahren, was wir vielleicht nicht hören wollen …, dachte sie. Wie Geschichten von gestohlenen Küssen von angeblichen Freundinnen. Nur schlimmer. Etwas über Krankheiten vielleicht. Wie sollen wir so etwas zum Beispiel verkraften, mein Schatz, frage ich dich.

Plötzlich hatte sich der Gedanke an Krebs in ihrem Kopf festgesetzt.

Das würden wir vielleicht gar nicht verkraften, mein Schatz, dachte sie.

»Helen, Sie sind dran.«

Sie mochte Sportunterricht nicht. Wie die meisten anderen auch. Sogar die, die richtig gut in Sport waren, waren unwillig und mürrisch. Vor allem wenn es die sechste Stunde war. Vor allem bei 88 000° Celsius. Jeder war erschöpft und alle wollten nur nach Hause. Oder wohin auch immer.

Helen sprang. Sie hörte nicht einmal, wie weit es dieses Mal gewesen ist. Sie könnte zwar ein paar gute Noten in Sport brauchen, aber es interessierte sie nicht. Noch weniger als sonst. Außerdem: das war wieder so eine Situation, in der ihre Fertigkeit ihr nicht weiterhalf. Egal wie oft sie es versuchen würde – sie war nun einmal nur in der Lage, so und so weit zu springen oder so und so schnell zu rennen und so weiter. Sie trottete zurück.

Normalerweise machten Georg, Jacob und vor allem Paul blöde Bemerkungen über die Leistungen der anderen. Aber Georg war aus irgendeinem Grund nicht da (konnte eigentlich jeder kommen und gehen wie er wollte?), und Jacob und Paul waren viel zu träge, um sich die Mühe zu machen.

Alle hatten ihre Sportverkleidungen an. Die meisten wurden dadurch fast zu einem Inkognito. Klamottenresteverwertung: Helen trug eine endlos weite Jogginghose und ein uraltes, weites T-Shirt ihres Vaters. Ausnahmen, die die Regel bestätigten: Tita trug ihre enge kurze Hose und ein Leibchen, das ihre Brüste fast oben rausquellen ließ. Jacob derweil ganz im modischen und brandneu gekauften Adidas-Outfit.

Lena sprang.

Hannes fragte Helen, ob sie sich einen Film ansehen wollten. Den neuen von –

»Bäh. Der hat doch nur fünfundvierzig Prozent auf Rotten Tomatos, und irgendwas von einer Sechser-Wertung bei IMDb«, antwortete sie gelangweilt.

»Das Internet ist nicht dein Herr und Meister«, alberte Hannes rum.

»Das sagt der Richtige.« Kein Scherzen in ihrer Stimme. Sie dachte weiterhin an ihren Vater.

Jacob sprang, aber ungültig. Neues Outfit hin oder her. Wenn das Herr Dassler wüsste …

»Wir waren schon lang nicht mehr im Kino –«, und jetzt klang Hannes fast ein bisschen weinerlich. Er nervte.

»Na und?«

Er nervte, so wie alle anderen sie nervten. Er wollte doch nur mit ihr dahin, weil es dunkel war und er hoffte, dass sie knutschen würden.

»Können ja auch was anderes sehen, wenn du willst.«

Die drückende Wärme, die gerade jetzt ihren Höhepunkt erreicht hatte, gab Helen den Rest. Als ob sie auf den Boden gepresst wurde. Ausgepresst wie eine Frucht, und ihr Schweiß war der Saft. Der Schweißgeruch waberte umher, als wäre das hier sein Revier. Und Gott bewahre, jemand würde sich mit ihm anlegen.

Ein Wunder, dass beim Springen überhaupt jemand abhob.

Auf der Baustelle lärmte es vor sich hin. Die Familie lächelte auf sie herab, als wären es Maria und Joseph mit ihrer Bagage.

Ihre Familie hatte seit hundert Jahren nicht mehr so gelächelt, dachte Helen. Wahrscheinlich nicht mal jeder einzeln. Auf keinen Fall, wenn sie so nah beieinanderstanden.

Helen spürte, wie es aus ihren Achseln rann.

Käthe sprang einen Tagesrekord. Kein Wunder bei den Beinen.

»Was du willst. Läuft ja noch mehr –«, bemerkte Hannes.

»Ich will einfach, dass du mich in Ruhe lässt!« Sie war so laut, dass sich die Köpfe in der Nähe zu ihr drehten. Hannes sah sie mit Kuhaugen an. Dazu wieder dieses Weinerliche. Als ob er das Gegenteil von einem Mann war. Eines Tages würde er anfangen zu betteln, auf die Knie sinken und jammern und flehen und dann Gnade erwarten.

»Okay«, murmelte Hannes und drehte sich weg.

Helen schwitzte jetzt noch mehr.

Georg hatte sie gestern (heute) wenigstens wie eine Frau behandelt und sich selbst als Mann dargestellt. Doofes Gesülze, übersüßte Komplimente und nur mäßig verschleierte Geilheit, aber eben – immerhin, ehrliches Testosteron. Er wollte zumindest kein Mitleid. Doch diese armen, armen Kerle – sie können ja nichts dafür, und sie leiden so sehr. Der große Eiertanz. In jeder Hinsicht.

Kotz, aber echt.

Ha, ja, haltet eure Hüte fest, St. Helen erklärt euch die Welt!, dachte sie.

Leander sprang lustlos. Ein Hopser nur. Als wäre er eine Echse, die zurück auf ihren Stein will. Paul und Jacob redeten darüber, dass bei Georg sturmfreie Bude ist, aber sie beide keine Zeit hatten. Käthe gab mit ihrer Weite an. Tita sah gequält in den Himmel. Die meisten Jungs sahen ihr währenddessen auf den Arsch und die Brüste.

»Hannes, Sie sind dran. Hannes?«

Aber Hannes war weg. Wohl in der Umkleide verschwunden. Oder noch weiter weg. Über die sieben Berge oder Brücken, dorthin, wo der Pfeffer wächst.

Heute hätte Helen wahrscheinlich auch keine Angst, wenn sie sich in dem gelben Feld verlaufen würde. Oder in irgendeinem anderen. Sie wäre dann endlich wieder allein. In ihrer anderen Welt. Ihrer eigenen.

Als unbenanntes Wesen.

Das Traurige daran:

Natürlich war sie mittlerweile viel zu groß, um sich zu verlaufen.

*

Es war ein Wolkenbruch. Als ob ein altes Bleirohr in den Wolken geplatzt wäre. Kein Klempner war zur Stelle.

Sie standen im Tor und sahen auf den Platz hinaus. In den wenigen Minuten in der Umkleide hatte sich der Himmel zugezogen. Jetzt war er grau-schwarz. Die Wolken rollten knapp über die Dächer hinweg und man spürte, wie die Erde vibrierte bei jedem Donnern.

Nun sah es auf dem Vonnegut-Platz vor der Schule nicht nur so aus, als ob der Beton ein Meer wäre – jetzt war da wirklich eines.

Wieder Blitz und Donner.

Was Helen ja schon vorher gewusst hatte –

»Hab ich es nicht gesagt – Gewitter!«

»Wie? Wann?«, fragte Leander.

Mist, dachte Helen, das muss in einer der nicht abgespeicherten Schleifen passiert sein.

Sie kontrollierte, ob das Armband da war. War es. Tja ... vielleicht würde sie heute auch einfach noch wahnsinnig werden. Mit Zwangsjacke und allem Pipapo. Gummizelle, Tür zu, und das wäre es dann. Nette Menschen würden sich von nun ab um sie kümmern.

Der Rollstuhlfahrer raste genau in diesem Moment wieder mit einem Affenzahn an ihr vorbei. Der gleiche wie schon am Morgen, stellte sie fest.

Was sie auch nicht gerade erdete.

Vielleicht war sie ja schon wahnsinnig? Würde einiges erklären, findest du nicht auch? Würde es, würde es. Wäre aber recht unschön. Sehr sogar. Einfach kühlen Kopf bewahren, dachte sie. Schön auf der Hut sein.

Doch dann kam P.H. auf sie zu. Einen Stöpsel im Ohr, Handy im Arm wie eine Frühgeburt. Sie kam geradewegs und direkt und unausweichlich auf sie zu. So als wäre nichts gewesen.

P.H. begann sofort wieder abzulästern – über irgendjemanden, der gerade irgendetwas getan hatte, was sie lächerlich fand, oder dumm oder beides. Ausgerechnet, dachte Helen finster.

»Lass mich in Ruhe«, zischte sie P.H. an.

»Wie bitte?«

Dann, während sie gleichzeitig die Augen verdrehte: »Hau einfach ab.«

Leander sah zu, dass er Land gewann. Er mochte keinen Streit. Er stritt auch nie selbst. Mit drei, vier unauffälligen Schritten war er weg und mischte sich unter die anderen Schüler, die den Wolkenbruch abwarteten.

»Spinnst du, Helen?« P.H. klaubte sich den zweiten Stöpsel aus dem Ohr.

»Ich heiße Nez.«

»Ist jetzt völlig aus bei dir da oben?« Die konnte nie aufhören. P.H. wusste nie, wann man es gut sein lassen musste.

»Grafik ist nicht alles«, sagte Helen und schluckte die Beleidigungen, die ihr auf der Zunge lagen, runter. Dann drehte sie sich um. Sie ließ P.H. einfach stehen.

»Du spinnst heute echt. So richtig! Weißt du das?«, rief P.H. ihr nach. Dann noch lauter: »Weißt du das?!«

Ja, weiß ich.

»Hey! Du bist völlig bescheuert! Du Zicke!«

Und außerdem bin ich garstig.

Wen schert's?

Das Gewitter hatte sich jetzt beruhigt. Ausgetobt. Das war kurz und heftig gewesen. Weiter hinten erkannte man schon wieder blauen Himmel, wie durch einen Riss in einer Bettdecke. Helen eilte durch die letzten dicken Tropfen. Reste an Feuchtigkeit, als würden sie aus dem Himmel gewrungen.

Wer braucht schon Freunde? Zumindest solche. Wer braucht schon Hannes oder P.H. oder die anderen? Alles Idioten, dachte sie. Gleichzeitig tauchte Pochensen wieder in ihrem Kopf auf, Pochensen der wirre Kauz. Dann wieder und noch nerviger: Hannes' Hundeblick, feuchte Äuglein hat er, und daneben dieses P.H.-ganz-und-gar-nicht-neutrale-Verhalten.

Menno, fickt euch alle, verschwindet und verduftet – sonst gibt es ein Verfahren, Justizvollzug und Einknastung: konsequente Bestrafung, dringend nötige Züchtigung, Pein und Elend für alle, Internierung, Gulag und Verbannung an fernere Orte als Sibirien, die Antarktis oder die dunkle Seite des Mondes. Die Anklagepunkte (unter anderem): Lüge und Hochverrat, egoistische Boshaftigkeit achten Grades, Taubheit der Herzmuskeln, Ätzfraß in der Seele, Rostlöcher im Empathiebereich der Hirnlappen, daraus resultierende Gier und eine Dummheit weit über den noch messbaren Werten. Üble Verbrechen also, die Jury würde keine Beratungszeit benötigen.

Ihr Handy klingelte. Noch so eine Zumutung. Sie stellte es stumm, ohne darauf zu achten, wer angerufen hat. Der letzte dicke Regentropfen klopfte auf ihren Kopf. Es fühlte sich an wie eine Art Weckruf. Klappte aber nicht, der Weckruf. Sie blieb in ihren Stimmungsloch. Rutschte noch tiefer. Ab dafür!

Helen wünschte sich in ihren Bunker. Einen sicheren Kommandostand. Auf einem Hügel, alles im Blick. Alles unter Kontrolle. Von dort aus die Truppen befehligen, die sie vor allen Angriffen schützen würden. Die sie dann in die Offensive schicken konnte. Also dieses Mal nicht in der Ego-Perspektive sein, nicht heute, zur Abwechslung. Nicht an der Front. Eigentlich hatte sie genug davon. Sie wollte wie das sehende Auge über dem Schlachtfeld schweben. Mehr Strategie als Action.

Mehr Herrscherin als Heldin.

Helens Haare waren zu einer nassen Masse mutiert,

als wäre diese Masse zum Verkleben oder Verspachteln gedacht.

Eine Generalin, die sich zur Diktatorin aufschwingt.

Die Masse klebte ihr im Gesicht, was sie normalerweise wahnsinnig machte. Sie erreichte einen neuen Speicherpunktblitz, was sie sonst ganz aufgeregt werden ließ.

Beides war ihr jetzt egal.

LEVEL FÜNF

Es war einmal ein Junge, der verliebte sich in ein Mädchen mit Arschgeweih. Das Mädchen wollte ihn erst nicht. Es zierte sich so, weil ein anderer Junge sich gerade erst ziemlich blöd verhalten hatte. Sehr blöd sogar. Extrem blöd. Eigentlich wollte das Mädchen keinen neuen Freund, eigentlich wollte sie sogar nie wieder irgendeinen Mann in ihrer Nähe, so blöd hatte sich dieser Ex verhalten.

Aber nach ein paar Wochen gingen der verliebte Junge und das verletzte Mädchen dann doch in die Kiste. Vielleicht brauchte sie genau das. Jemand musste ja da sein. Vielleicht versprach sie sich Heilung. Und an diesem Abend mochten sie sich sehr. Das Mädchen vertraute dem Jungen.

Wenig später kam eine Tochter namens Helen.

Die Hochzeit feierten sie schon zu dritt. Der Junge und das Mädchen waren sehr glücklich, und die Tochter war wunderschön und es regnete kleine Blumen, als sie das Standesamt verließen. »Und wenn sie nicht gestorben sind …«, und so weiter.

So endete zumindest die Bettgeschichte, die ihre Mutter Helen früher erzählt hatte. Sogar das mit der Kiste. Helen hatte sich damals eine echte Kiste vorgestellt, aus Holz. Ihre Eltern hockten zusammen darin. So wie zwei Herren in einer Badewanne. Früher hatte das Sinn ergeben. Vor sehr langer Zeit, wie Helen gerade auffiel.

»Zu wem willst du denn?«

Heute war das mit dem Sinn ergeben erheblich schwieriger. Es geschah auch seltener.

Sie sagte dem Typen wieder den Namen ihres Vaters.

»Ähm …«

Helen ging nicht aus dem Kopf, dass ihre Mutter nicht zu Hause gewesen war. Ihr fiel kein Ort ein, an dem sie sich sonst aufhalten konnte. Was ihr fast ebenso eigenartig vorkam. Eine erwachsene Frau konnte an einem Wochentag am Mittag überall sein. Nicht nur zu Hause. Nicht nur beim Arzt.

Was würde sie eigentlich machen, wenn ihr Vater nicht auf Arbeit wäre? Wenn er ebenso weg wäre? Wenn alle nach und nach verschwinden würden?

Wenn sie wirklich allein wäre –

Sie dachte an eine Zombie-Apokalypse. Nur sie und die wandernden Toten, wie in dem Shoppingzentrum vorhin. Sonderangebote und Zombies und Helen.

Und wenn sie nicht gestorben sind …

»Ach, ah, ja, der, okay, klar, logisch!« Ein Finger zeigte ihr vage die Richtung. »Der ist da hinten. Rechts, hinter der Säule. Bei der Küche. Also noch davor. Müsste er zumindest.«

»Danke.«

Sie war hierhergelaufen. Über die nassen Straßen und unter der schon wieder brütenden Sonne. Luftfeuchtigkeit 100%. Ich schlüpfe gleich, hatte sie gedacht. Hinter ihr war eine Winzigkeit Wischi-Waschi-Regenbogen zu sehen gewesen. Albern und putzig. Ihre Laune hatte sich mit jedem Meter, den sie zwischen sich und die Schule brachte, gebessert. Von denen würde ihr heute keiner mehr begegnen. Sie wusste nicht recht, wo sie überhaupt lieber sein wollte gerade – was es einfacher machte, einfach nur da zu sein, wo sie gerade war. Solange es nicht die Schule ist, dachte sie.

Dann noch der Zwischenstopp bei der Eisdiele. Eine spontane Idee. Es gab ganz neue Farben im Angebot. U.a.: So etwas wie ein Magenta. Es schmeckte süß und kalt, also ganz wunderbar.

»Willst du ein Handtuch?«, hatte die Verkäuferin gefragt.

Helen hatte den Kopf geschüttelt und ein paar Tropfen auf dem Glas verteilt, das sich zwischen ihr und der Eisauswahl befand. Aber die Verkäuferin lachte nur und bestand darauf. »Komm mit.« Im Hinterzimmer hatte Helen sich den Kopf trocken rubbeln lassen, bis sie aussah wie eine Steckdosenleckerin.

»Danke.«

»Immer. Kundschaft mit Erkältung kauft kein Eis.«

Helen war sich eigentlich gar nicht sicher, was sie bei ihrem Vater wollte. Vielleicht nur das Gleiche wie bei Pochensen. Reden. Über irgendwas. Und irgendetwas erfahren. Oder besser auch nicht. Da war sie sich ganz und gar nicht sicher. Vielleicht wollte sie auch, dass ihr Vater sie wieder auf den Schultern trägt, damit sie das ganze Feld überblicken kann, sozusagen. Was immer das nun bedeuten mag. Aber das war mal sicher: Sie brauchte dringend einen guten Überblick. Ihr »alles Idioten« hatte ihr nicht weitergeholfen.

Mag stimmen, aber bringt nix, dachte sie.

In der Loft-Schragstrich-Büroetage war es so laut wie auf ihrem Schulhof. Wenn man alle Tische, alle Apple-Computer und Bildschirme und alle Drucker und Kopierer, und vor allem all die Menschen hier abtransportieren würde, wäre es eine schöne Wohnung. Hell. Dann auch ruhig. Sie würde nur eine riesige, also eine wirklich riesige Matratze in die Mitte legen, so vier mal vier Meter. Ein Beamer hängt von der Decke und die ganze Wand da als Leinwand. Bilddiagonale so was von fast fünf Metern. Die Konsole anschließen. Die Tür abschließen. Dann zocken. Das wäre ziemlich der Hammer.

Speicherpunkt erreicht …

SPIELSTAND WIRD GESPEICHERT

Helen stemmte die Arme in die Hüften und überblickte ihr zukünftiges Reich.

»Alle raus aus meiner Wohnung!«, rief sie. »Aber Ratzfatz, ihr Luschen!«

Ihr fiel auf, dass hier vor allem Typen arbeiteten. Alle gewickelt in Hipster-Klamotten. Dazu große Brillengestelle und so. Vollbärte. Und Schals. Hier wurden mehr Schals von Männern getragen als irgendwo sonst auf der Welt. Einige waren aber auch Normalos, klar. Wahrscheinlich je nachdem, ob man

Kreativer war oder sich mit anderem Zeug beschäftigte. Mit normalem Kram eben. So wie ihr Vater.

»Na los, hurtig! Ich warte.«

Die konnten ganz schön verblüfft gucken, diese Hipster, stellte sie fest. Keiner bekam den Mund für eine angemessene Replik auf. So viel zur Coolness.

Letzter Spielstand wird geladen …

Sie wanderte durch das Loft, an den Schreibtischen vorbei. Die standen mit Absicht kreuz und quer. Sie fiel dabei einigen der Mitarbeiter auf. Trotz ihrer Größe. Wie immer. Diese Mitarbeiter richteten ihre Brille, andere ihren Schal. Dezent und unbewusst. Konnten sie ja nichts dafür.

Ihr Vater trug keinen Schal und seine Brille war auch eher unauffällig. Normales Fielmann-Gestell. Er ist aber eben auch nur Content-Manager. Er dated die Homepage up und so was. Eine moderne Art von Fließband. Digitales Proletariat hatte sie mal jemanden sagen gehört, und seitdem gehörten der Begriff und ihr Vater zusammen. Überstunden waren inklusive. Beziehungsweise Frühstunden. Ein Wunder, dass er hier nicht mittlerweile ganz eingezogen ist.

Helen wartete noch einen Augenblick und beobachte ihn ein bisschen. Aber viel gab es nicht zu sehen. Er tippte vor sich hin. Nichts weiter.

Völker hört die Signale, dachte sie.

Dann tippte sie ihm auf die Schulter.

Er blinzelte sie an, als würde er unscharf sehen. »Was machst du denn hier?«

»Dich besuchen.«

Als ob sie ein Geist wäre. Oder sie ihn bei etwas Peinlichem erwischt hätte. Aber auf seinem Bildschirm waren keine Pornos. Nur Eingabemasken, in die er bis eben Sachen eingegeben hatte.

»Bekommst nicht oft Besuch, oder?«

»Nicht wirklich, nein.« Das Blinzeln hörte auf. »Hallo, Schatz«, sagte er endlich. Schatz-Am-Arsch normalerweise, aber jetzt gefiel es ihr. Bei ihm klang es sowieso anders, als wenn ihre Mutter es sagte. Es marginalisierte sie nicht. Es machte sie nicht jünger oder kleiner.

Helen wusste gar nicht, wann sie sich das letzte Mal außerhalb der Wohnung gesehen hatten. Auch sonst zu Hause ja eher selten. Wahrscheinlich als sie zu diesem Geburtstag von seinem Bruder gefahren sind. War das noch im Winter gewesen? Frühling? Ihr war, als erinnerte sie sich an Schnee, aber sie war sich nicht sicher.

»Störe ich?«

»Nein. Überhaupt nicht. Ist nicht eilig das hier. Ich bin nur überrascht.«

»Merk ich.«

»Brauch eh eine Pause. Meine Augen gähnen bereits.«

Er lächelte und umarmte sie kurz. Das hatte er auch lange nicht mehr getan. Zumindest nicht so bewusst. zu Hause umarmte er sie, wie er ihre Mutter küsste. Irgendwie automatisch. Wie man Hände schüttelt.

»Möchtest du was trinken?«

»Kaffee?«

»Klar. Komm mit.«

Ihr Vater wirkte anders hier. Weniger wie ihr Vater. Oder der Ehemann von ihrer Mutter. Mehr wie ein Mann, einfach so. Ohne Zusammenhänge. Er bewegte sich auch anders. Seine Mimik war anders, sogar seine Stimme war präsenter.

Aber Helen war in der Schule ja auch anders als zu Hause, dachte sie.

Sie gingen in die Küche. Unterwegs stellte er seinen Kollegen seine Tochter vor. Zum ersten Mal an diesem Tag wünschte sie sich, vielleicht doch etwas anderes angezogen zu haben. Etwas, das mehr in dieses Loft passte. Auch wenn keiner der jungen Hipster sich an ihren Schlabberklamotten zu stören schien. Wie gespalten bist du eigentlich?, fragte sie sich und zog dann einige Blickkontaktflirts ab, im Vorbeigehen, es war ja nicht so, dass es ihr ganz egal war, ob man auf sie reagierte. Entwarnung: Brillen wurden weiterhin gerichtet usw. Es schmeichelte zur Abwechslung mal wieder. Lag vielleicht an der Location. So oder so – die Labello-Lippen reichten völlig. Das taten sie immer. Die und ihr Näschen. Ihre Möpse oder der ganze Rest waren da meist gar nicht nötig.

»Was führt dich zu mir?«, fragte ihr Vater dann doch noch. Eigentlich die richtige Frage.

»Nur so«, sagte Helen. Sie wusste immer noch nicht, ob das stimmte.

Ein paar dieser Hipster mit Schal erinnerten sie an Georg. Der würde in zehn Jahren genauso sein wie die hier. War er ja jetzt schon fast. Es fehlte nur ein wenig Reife im Gesicht. Nicht dass die Blicke hier jetzt sonderlich reif wirkten. Es fehlte wohl einfach nur das Alter um seine eiseiseisblauen Augen. Sie fragte sich, ob Eiscreme-Magenta sich gut in seinen Pupillen machen würde.

»Nur so. Aha.« Ihr Vater glaubte es ihr nicht. Nicht

eine Sekunde. Gut so. »Möchtest du einen Espresso? Der ist hier sehr gut.«

Aber ein paar Frauen arbeiteten hier dann doch. Vielleicht sogar mehr, als sie zuerst geglaubt hatte. Im Allgemeinen waren es weibliche Ausgaben der Gattung Hipster. Sind das dann Hipsterinnen?

»Espresso doppio, per favore.«

Ihr Vater begann an einer High-End-Kaffeemaschine zu hantieren. Edler Designerkram. Ganz in Silber. Tausend Euro aufwärts, schätzte Helen.

»Alles klar in der Schule?«

Sie sah sich um. Jedes Detail in der Küche passte perfekt zu einem Loft. Es sah nicht aus wie eine Bürokantine. Hier hätte man Werbespots für praktisch alles drehen können. Das Komische war, dass ihr Vater nicht fehl am Platz wirkte, ganz und gar nicht. Sie gewöhnte sich schwer an diesen Anblick, obwohl er ihr gefiel.

»Alles bestens.«

Er machte das ziemlich routiniert mit der Maschine.

»Und sonst?«

Und sonst?

Ich habe magische Fähigkeiten. Oder ich bin zu

einem Computerprogramm geworden. Flucht in die Matrix – nicht raus aus ihr. Oh – und deine Frau war heute Mittag nicht zu Hause. Warum auch immer.

Und wenn wir schon dabei sind:

Warum lebt sie hinter dem Schleier?

Warum bist du nie anwesend, selbst wenn du mal anwesend bist?

»Ich mache ihn dir extra stark. Aber nicht weitersagen, dass ich die Strukturen unterlaufe.« Er lächelte sie wieder an.

Die Maschine brummte, dampfte, zischte. Dicker Sud tropfte in eine winzige Tasse. Aus einem kleinen Radio im Vintage-Holz-Design dudelte leise antike Musik. Smooth Jazz. Ein Tenorsaxofon spielte ein endloses Solo. Hipster-Ironie, vermutete Helen.

»Wie geht es euch denn so?«, fragte sie plötzlich. Zu ihrer eigenen Überraschung. Zu ihrem eigenen Schrecken sogar. In einem Reflex hätte sie fast neu geladen. Sie dachte wieder an die lächelnde Townhouse-Verkaufsplakat-Familie.

Aber vielleicht hatte er sie gar nicht gehört. Wegen dem Zischen. Blubbern. Dampfen. Außerdem: Bevor er antworten konnte, kam eine dieser Frauen in die Küche.

Sie war schlank und groß und jung. Aber dabei elegant. Aus einer Art Meta-Hipster-Ebene betrachtet. So, dass es aussah, als würde sie sich bewusst sein, dass sie sich in eine elitäre Herde einreihte, und das mit kleinen Unterschieden brach.

Die Haltung seines Vaters veränderte sich.

»Hast du schon meine Tochter kennengelernt?«

Die Kollegin lachte auf. »Wow! Diese Frau kann doch in keinem Zusammenhang mit deinem Genpool stehen, oder?«

Helen wusste nicht, wieso, aber etwas rastete in ihrem Denken ein.

Oder aus.

Es war einmal ein Junge, dachte sie, der verliebte sich in ein Mädchen mit Arschgeweih. Das Mädchen zierte sich erst ein wenig, weil ein anderer Junge sich ziemlich blöd verhalten hatte, schrecklich blöd sogar. Denn er hatte sie sitzengelassen. Das Arschloch. Und der andere Junge – vielleicht wusste er von der Schwangerschaft, aber wahrscheinlich nicht – liebte das Mädchen so wild und unabdingbar, wie es Teenager nun einmal tun. Wahrscheinlich wusste er auch wirklich noch nichts von dem Embryo, als die beiden das erste Mal in der Kiste waren. Es wurde ihm erst später klar – denn so schnell wachsen Bäuche nicht.

Aber er ging nicht fort. Und als sie heirateten, waren sie bereits zu dritt. Doch irgendwann waren die Teenager keine Teenager mehr, und nichts bleibt unabdingbar und auf immer, besonders keine Abmachungen, die auf alten Gefühlen basieren …

Nicht dass Helen ihre Version der Geschichte beweisen konnte. Nichts davon.

Ergibt das Sinn? Vielleicht nicht. Aber es fühlte sich so an als ob.

Ihr Vater lächelte sanft. Er sah die Frau länger als nötig an. Helen konnte den Blick nicht deuten.

Oder aber eben doch.

Diese Gute-Nacht-Geschichte hatte vielleicht immer nur eine Kleinigkeit ausgelassen.

»… wenig später kam ein Mädchen namens Helen«, ging die Geschichte. Nicht »wenig später bekamen sie ein Mädchen namens Helen«. Sondern Passiv. Das fiel ihr jetzt das erste Mal auf. Als ob nicht alle handelnden Personen an der Herstellung des Mädchens beteiligt gewesen waren.

Okay, dachte sie – bis hierher und nicht weiter. Das ist ein bisschen viel auf einmal

»Hi. Ich bin Danila.« Von Nahem betrachtet – so jung war sie gar nicht.

»Helen, hallo.«

Musst du alles wissen?, dachte sie. Willst du alles wissen? Neu laden wird dir nicht helfen, mein Schatz. Wie bei P.H. Du kannst deine Erinnerung weder überschreiben noch löschen. Das bleibt da. Für immer. Oder bis zu einer guten, andauernden Therapie. Und die kannst du dir bei deinen Aussichten sowieso nicht leisten.

»Habe schon viel von dir gehört«, sagte Danila.

Helen sah ihr an, dass das keine Floskel war. Kleine zarte Faltenlinien an den Augenwinkeln. Himmel – die Frau war ihr viel zu sympathisch. Selbst als sie ihren Vater am Oberarm berührte. Eine Geste der Anerkennung, für diese Tochter wahrscheinlich. Sofern sie seine Tochter war. Außerdem: eine sehr vertraute Geste. Helen war ja nicht blind.

Oder doof.

Oder vielleicht doch.

Ein bisschen heftig, das alles, oder? Wo bleibt der Anfall?

Aber ihre Eltern wussten eigentlich ja auch nicht, was in Helens Leben passierte. Sie kannten P.H. – aber nicht einmal Hannes. Von den anderen hatten sie noch nie gehört. Auch nichts von Georg. Sie wussten gerade mal so, wie ihr Notenschnitt aussah. Vermutete sie. Wahrscheinlich wie alt ihre Tochter war. Mehr aber auch nicht.

Helen trank ihren Espresso. Stark und aromatisch, sehr ordentlich, doch doch. Diese Kaffeemaschine würde sie hierbehalten, wenn sie das Loft übernimmt. Sie spürte den Koffeinschub.

»Ohne Zucker?«, fragte ihr Vater, der seinen Kaffee noch umrührte. Danila nahm sich einen Gemüsesaft aus dem Kühlschrank.

»Immer ohne Zucker«, sagte Helen

»Eben«, sagte Danila, schüttelte den Kopf über so viel Unwissenheit und Naivität, knackte den Verschluss des Tetrapacks und zwinkerte ihr zu. Helen war ihr offensichtlich ebenso sympathisch.

War das okay?

Müsste ich jetzt nicht einen Koller bekommen?, fragte Helen sich wieder. Hallo? Wütend sein oder so was?

Nicht solange du eigentlich nichts weißt, mein Schatz.

Unsicherheit und Unschärfe sind feine Sachen, dachte sie. Solange man nicht weiß, ob die Katze lebt oder tot ist, ist es eigentlich auch schnuppe.

Ihr war nur ein wenig … blümerant.

Vielleicht war sie aber auch nur so drauf, weil dieser Tag gar nicht wahr sein konnte. Alles virtueller Unsinn vielleicht. Sie schläft womöglich doch. Ist in der Klapse, weil ihre Eltern sie mit Pflegern von der Konsole zerren mussten. Jeder verkrampfte Finger musste einzeln vom Controller gelöst werden. Steht sie unter den teuersten und stärksten Psychopharmaka, die sich ein Laborant erträumen konnte?

»Was hast du gefragt? Vorhin?«, fragte ihr Vater, als Danila wieder aus der Küche verschwand. Ihre Absätze klackerten dabei und Helen konnte wetten, dass sein Vater sich Mühe gab, seiner Kollegin nicht hinterherzusehen.

Ihre Eltern waren erwachsen, dachte Helen. Sie selbst war es auch. Fast zumindest. Das entschied sie jedenfalls so, in diesem Moment. Wahrheit wurde doch eh überschätzt. Selig sind die Unwissenden. Und unwissend sind wir doch alle. Oder eben Idioten, in Pochensens unsterblichen Worten. Damit durfte man doch seinen Frieden machen, oder? Das Wort »Mummenschanz« ging ihr unangekündigt durch den Kopf, warum auch immer. Hübsches Wort. Wahrscheinlich hat sie es noch nie in ihrem Leben benutzt.

»Nichts, Papi.« Sie hatte ihn lange nicht mehr so genannt. Deshalb sagte sie es jetzt auch. Mit Absicht. Sie küsste ihn auf die Wange. »Nur eine Bitte habe ich, ja? Und frag mich nicht, wie ich darauf komme!«

Er nickte.

»Wenn einer von euch krank ist, dann sagt ihr mir das, ja? Nur für den Fall, ja?«

»Und ich darf nicht fragen, wie du darauf kommst?«

Sie schüttelte den Kopf. »Würde für dich jetzt eh keinen Sinn ergeben, vermute ich. Also nein.«

Erst jetzt nahm er seinen ersten Schluck, ziemlich beiläufig. Wohl auch nur weil er die Tasse in der Hand hatte, dann trinkt man eben, auch wenn man mit den Gedanken ganz woanders ist. »Na gut. Ist abgemacht. Wir werden dir nichts verheimlichen. In Ordnung?«

Das mit dem pauschalen »Nichts« war ja nun doch etwas übertrieben, aber: »Gut.« Sie küsste ihn wieder. »Liebe dich.« Das klang fast kryptisch. Als wäre es ein Code, den man knacken müsste. Aber es war ganz einfach gemeint. Ganz direkt, an ihn.

Alles andere war egal, sagte sie sich.

Alles andere konnte man ihr erst einmal noch gerne verheimlichen. Das würde sie ja wohl auch tun, in deren Position. Als Elternteil.

Nein, alles andere musste Helen nicht wissen – zumindest nicht heute. Heute brauchte sie keine Zombie-Apokalypse.

»Ich dich auch«, antwortete er.

Helen wäre ihrem Vater jetzt am liebsten doch wieder auf die Schultern geklettert.

Stattdessen hielt sie ihm ihre leere Tasse hin.

»Noch einen bitte.«

LEVEL SECHS

»Ich brauche einen temporären Hund
Aus einem temporären Grund
An einem temporären Ort
Wie der Erde!«

LIED AUS: »DER KAUFMANN, DER MIT DROHUNGEN HANDELTE«

Der Rollstuhlfahrer wieder. Doch dieses Mal sah er sie an. Vielleicht hatte er das auch schon vorher getan, aber er war zu schnell gewesen, als dass sie es hätte erkennen können. Jetzt stand er einfach herum. Und sah sie an, als ob er auf sie gewartete hätte.

Nicht nur »als ob« – er hatte auf sie gewartet. Ganz eindeutig. Erst als sie das begriffen hatte, rollte er weiter.

Etwas in seinem Blick hatte Helen das Gefühl gegeben, dass sie ihm folgen soll. Irgendwie war das der Eindruck. Als wäre etwas dringlich. Sogar als wäre sie spät dran. Als hätte sie einen Termin verpasst oder eine Verabredung vergessen.

Helen war noch ein paar Minuten in der Büroetage geblieben und hatte sich umgesehen. Jaja, sicher, so eine Wohnung konnte sie sich noch lange nicht leisten. Aber eines Tages, dachte sie sich, eines schönen Tages.

Dann hatte sie ihren Vater wieder arbeiten lassen und war verduftet. Danila hatte ihr zum Abschied gewinkt. Zum Zurückwinken hatte sich Helen dann doch nicht durchringen können. Ein, zwei Augenpaare folgten ihr. Sie stellte sich vor, dass ihr Vater durch ihren Besuch in der Wertschätzung der anderen gestiegen ist. Dass sie ihm gleich anerkennend auf die Schultern klopfen würden. Gleichzeitig entschloss sie sich, noch bevor sie die Tür hinter sich zugezogen hatte, in Zukunft auf alle Schals oder Schal-ähnlichen Kinkerlitzchen zu verzichten.

Draußen: durchatmen. Darauf folgte ein Nieser. Die Sonne strahlte jetzt mit dem gleichen tropischen Druck wie am Vormittag. Vom Regen war nicht einmal Feuchtigkeit auf dem Bürgersteig geblieben. Das war ein wenig lästig mittlerweile.

Was jetzt?

Helen wusste es nicht. Sie schaute in den Himmel. Vielleicht einfach nach Hause. Zumindest erst einmal in die Richtung. Doch so richtig war das nicht der Tag, um zu Hause zu sein, dachte sie.

Was sie wieder an ihre Mutter erinnerte.

Sie schrieb ihr eine SMS: »hab dich lieb.« Dahinter ein Smiley.

Es verging keine Minute, bis sie eine Antwort bekam:

»Okay. Was stimmt nicht!?«

Wenige Augenblicke später:

»Ich meine es ERNST! Was hast du ausgefressen?«

Wo immer ihre Mutter also war, sie war ganz sie selbst. Nicht nur weil sie sogar bei SMS auf Satzzeichen und Großschreibung achtete. Denn auch Sätze brauchen Struktur –

»nichts wirklich – war grad bei papi auf arbeit habe an dich gedacht. :-)«

Jetzt dauerte es etwas länger, bis eine Antwort kam.

»Na dann … gut.«

Kurz darauf, als hätte sie es fast vergessen:

»Ich dich auch.«

Und dann folgte eine Sekunde später die letzte.

»:-)«

Helen begann jetzt wieder darüber nachzudenken, was sie so alles tun könnte. Wie ihre endlosen Optionen nun alle wirklich aussahen. Was sie anstellen könnte. Was sie ausfressen könnte. Und würde.

Ungefähr eine Viertelstunde später entdeckte sie den Rollstuhlfahrer. Gerade als sie darüber nachdachte, sich vielleicht den Bauch vollzuschlagen, in einem möglichst teureren Restaurant, X Gänge, und bevor es ans Zahlen ging, neu laden. Genuss und alles, und nicht eine Kalorie aufgenommen oder gar in Fettgewebe umgewandelt. Ganze Spanferkel. Perlhühner. Feinsten Fisch oder die fettigsten Pommes auf Gottes weiter Erde, inklusive Ketchup und Mayo, dreifache Ladungen, also extra reichlich mit Bonus, so viel, dass man die Pommes kaum mehr finden könnte – und das wäre nur die Beilage zu einem Burger, der mehr Schichten hätte, als man zählen kann, inklusive Spiegelei, rote Beete, Ananas, Bacon, Kochschinken, fünf Sorten Käse mit extra Fettgehalt und einer Scheibe Trüffel –

Normalerweise wäre Helen dem Rolli bestimmt nicht gefolgt, dachte sie. Das wusste sie ganz sicher. Warum auch? Vielleicht war es einfach der doppelte Espresso. Der Koffein-Kick. Vielleicht das Hochgefühl, das sie seit dem Besuch bei ihrem Vater mit sich trug. Dieser frische Eindruck von königinnenhafter Reife, durch die Art, wie Danila sie behandelt hatte. Und Männer sie angesehen haben, obwohl sie wussten, dass es falsch war. Vielleicht weil sie das Gefühl hatte, Kontrolle über die Dinge der Welt zu haben. Weil sie sie jetzt besser verstanden hat. Das, und ihre Möglichkeiten und ihre Entscheidungsfähigkeit und …

Mach dich nicht lächerlich, dachte sie.

Er war hinter einer Ecke verschwunden. Als sie ebenfalls abbog, sah sie ihn bereits am Ende des nächsten Blocks. Dort wartete er wieder. Auf sie. Wie ein Hund, der seinem Herrchen etwas zeigen musste. Wie hieß dieser blöde antike Collie aus der Fernsehserie noch?

Dieses Spiel trieben sie zehn Minuten.

Sein Rollstuhl war kein Standardmodell. Es war ein abgespecktes Exemplar, ausgelegt auf möglichst wenig Gewicht. Eines, mit dem man Sport machen konnte. Basketball oder so was. Wendig und dynamisch. Die Oberarme des Mannes hatten einen Umfang wie anderer Leute Oberschenkel. Dick wie Autoreifen.

Vielleicht hatte es etwas mit den Grundregeln zu

tun. Vielleicht begann das Spiel jetzt erst richtig? Wenn das Leben mit mehreren Konsolengenerationen verschiedener Firmen und Hunderten von Spielen jedweder Couleur sie etwas gelehrt hatte, dann, den Hinweisen zu folgen.

Hinweise gibt es nicht ohne Grund.

Ihr Handy machte sich wieder bemerkbar: Eine kurze, pampige SMS von P.H. Egal. Helen antwortete – ebenso pampig mit einem »Ääh?«

Eigentlich schon zu viel der Ehre.

Als Helen aufblickte, traf sie wieder der Blitz namens: *Speicherpunkt erreicht …*

SPIELSTAND GESPEICHERT!

Es kribbelte –

– und dann brach die Hölle los.

Sie sah den Rolli. Praktisch abseits vom Geschehen. Was auch besser war. Das hätte der Mann nicht überlebt. Das Problem war, dass alles so schnell ablief, dass Helen im ersten Durchlauf kaum begreifen konnte, was passierte. Es war zu viel Information. Zu viel Bewegung. Der Lärm, die Schreie und dann schon das Blut …

Letzter Spielstand wird geladen …

Der Blick des Rollstuhlfahrers wies die richtige

Richtung. Davon ging Helen aus. Doch wieder hatte sie keine Zeit zum Nachdenken oder zum Analysieren, nur zum Aufnehmen. Zum Beobachten. Der Kran war schon im Begriff, zusammenzufallen, als sie um die Ecke gebogen war. Es war der Kran, der das neue Zuhause der glücklichen Plakatfamilie baute. Er senkte sich wie ein langer, neugieriger Brontosaurierhals. Erstaunlich lautlos. Aber der Hals war am Torso abgetrennt worden, und ... Dann konnte Helen sich nicht mehr auf die anderen Vorgänge konzentrieren, weil Tita auf der anderen Straßenseite stand – in Sicherheit und Selbstversunkenheit – und ihre blöden Brüste richtete und nichts um sich bemerkte. Als ob die Welt nicht existierte. Obwohl die gerade unterging.

Mist.

Letzter Spielstand wird geladen ...

Helen fühlte sich nun wirklich wie in einem Traum. Einem Traum mit mehreren Ebenen, die sie nach und nach wahrnahm, die aber gleichzeitig passierten. Synchron abliefen. Die sie dann übereinanderlegen musste, damit sie ein ganzes Bild ergaben. Eine Art von Vollständigkeit.

Der Brontosaurierhals würde gleich wieder auf

die Kreuzung fallen. Der Bus bremste als Erster, und dieser Lärm brachte alle anderen dazu, ebenfalls zu bremsen. Nicht dass sie wüssten, warum. Dann schon wieder der Aufprall und –

Letzter Spielstand wird geladen …

Der Bus hat an sich auch nur gebremst, weil der Junge stehen geblieben war und nach oben sah. Er war der Erste, der den Kran entdeckt hatte. Das mit dem hochwertigen Wohneigentum würde wohl etwas länger dauern. Tita richtete sorgfältig ihre Titten.

Aufprall.

Letzter Spielstand wird geladen …

Mit jedem neuen Laden wurde Helen ruhiger. Konzentrierter. Sie bewegte sich nicht, sie sah sich nur um und betrachtete alles, brachte Ordnung in das Chaos. Es war wie ein Puzzle. Ein Rätsel. Und sie war sich sicher, dass sie es lösen konnte. Warum sollte man sie hierhergebracht haben, wenn es nicht möglich wäre?

Sie lud neu, wieder.

In Spielen werden keine unlösbaren Situationen eingebaut.

Letzter Spielstand wird geladen …

Dem Jungen vor dem Bus würde es gut gehen. Er

war hinreißend in seinem Staunen. Der Hauptteil des Krans würde auf den Parkplatz neben der Kreuzung stürzen, wo die Stahlkonstruktion nur Autos zerquetschen würde. Überall sonst Auffahrunfälle, Blechschäden. Bestimmt eine Menge Beulen und Blutergüsse, keine Frage. Zu viele Informationen, noch immer. So viele Details. Vielleicht war es doch zu wild und panisch hier. Helen hatte Angst, dass ihr virtueller Gehirn/Geist-Monitor am Ende die Worte MISSION GESCHEITERT! projizieren würde. Tita wusste offensichtlich nicht, was Angst ist.

Letzter Spielstand –

Die Augen des Jungen wurden groß, während der Kran sich senkte. Er schien begeistert zu sein. Fasziniert. Großer Staunemann. Helen suchte weiter. Mittlerweile war das Blitzkribbeln im Körper ein durchgehender Zustand. Mehr als nur Ameisen unter Haut, sehr viel heftiger, fast so, als wären es dicke Termiten, Termiten unter Strom. Als wäre ihr ganzer Körper eingeschlafen und nicht nur ein Fuß. Und jetzt erwachte ihr Leib wieder.

Letzter Spielstand

Trotz allem:

Wie soll etwas real sein, wenn man es zum X-ten

Mal identisch erlebt? Musste doch eine ordentliche Definition dafür geben. Nicht Traum, nicht Wirklichkeit, sondern …

Gab aber gerade keine. Also war es unreal, antwortete sie sich selbst. Entschied sie. Der Einfachheit halber. Der Effekt dabei: Die Distanz tat gut. Jetzt war es als würde sie vor dem Bildschirm sitzen.

Letzter Spielst –

Der Kranhals senkte sich.

Alles unter Kontrolle.

Sie war die Herrin über das, was vorging.

Darüber, wie es ausgehen würde.

Letzter Spiel –

Ganz ruhig und aufmerksam.

Ja.

Letzter –

Nicht Traum, nicht Wirklichkeit – sondern Möglichkeit.

Letzt –

Das war es.

Das war die Antwort.

Helen wusste nun, auf wen in diesem Chaos der Blick des Rollstuhlfahrers gerichtet war.

Sie hat das Rätsel gelöst.

Letzter Spielstand wird geladen …

Sie ging hinein.

In das Chaos.

*

Danach stand Helen am Kiosk und bestellte sich zum ersten Mal in ihrem Leben eine kleine, billige Flasche Doppelkorn. Das Fläschchen roch nach Frittierfett. Sie trank das Zeug in einem Zug. Brannte, als könnte es jeden Moment in Flammen aufgehen.

Ekelhaft.

Der Verkäufer hatte kein Problem mit ihrer Bestellung. Keine Frage nach ihrem Alter. Sie war ja auch nicht die Einzige, die einen doppelten Kurzen brauchte. Eine Menge Menschen stand hier und trank gegen den Schreck an. Regenerierten sich. Alle redeten ununterbrochen, und alle sahen immer wieder zu den leuchtenden Rettungswagen rüber.

»Noch einen?«

»Nee, danke. Sonst fall ich um.«

»Wie ein Kran«, sagte ein Spaßvogel, den alle ignorierten.

Die letzte halbe Stunde blieb weiterhin surreal. Vor

allem weil es für den Rest der Welt nur ein paar Sekunden gewesen waren.

Der Schnaps begann schon zu wirken. Schön warm. Alles wurde weich. Das könnte sogar bereits ein leichter Schwips sein. Ging ja direkt ins Blut, der Fusel.

Speicherpunkt erreicht …

SPIELSTAND GESPEICHERT!

Der Blitz verging wieder – alles wie immer. Das Kribbeln blieb noch einen Augenblick länger. Es war also wirklich vorbei und überstanden. Sie suchte nach dem Rollstuhlfahrer, aber er war wieder verschwunden.

Helen wünschte sich so sehr wie noch nie an diesem Tag, irgendjemandem davon erzählen zu können. Einen Knicks zu machen, für ihr Publikum. Es hat ja Zeugen gegeben. Aber keiner hat in den Sekunden des Wahnsinns verstehen können, was sie da eigentlich getan hatte. Wie sie einfach schnurstracks auf die Kreuzung gegangen ist und zwei Leben gerettet hatte. Dem einem Auto ausgewichen, den Radfahrer vorbeigelassen, dem staunenden Jungen über den Kopf gestreichelt, über die Motorhaube gerutscht. Sie kannte alles, was geschah, auswendig. Sie kannte den direkten, besten Weg durch dieses Tohuwabohu.

Eins, zwei, drei – nichts leichter als das.

Doch niemand sonst hätte es tun können.

Niemand außer mir.

Sie ließ sich die Neige Doppelkorn auf die Zunge tropfen.

Plötzlich tauchte Tita auf.

Sie schwankte ein wenig. Hatte sie also doch noch mitbekommen und verstanden, was um sie herum geschehen war.

Zu Helens Leidwesen entdecke Tita auch sie – aber dann geschah etwas Eigenartiges. Tita erkannte sie, natürlich, aber sie blickte sie auf eine Art an, als wäre Helen eine Fremde. Oder ein Alien. Eine Cyborg-Queen. Tita müsste sie währenddessen gesehen haben. Ausgerechnet Tita, zu ihrem Leidwesen. Hätte es nicht jemand sein können, den sie wirklich beeindrucken wollte? Nein, natürlich nicht. Darf ich vorstellen: Helen Leidwesen.

Sie kicherte. Kleiner Schwips, ja, doch – stimmt.

»Hi«, sagte Tita und blieb stehen.

»Hey.«

»Hast du das eben auch mitbekommen?«

Helen nickte.

Tita war ganz anders als sonst, ihre Haltung und

ihre Augen, als ob sie die Arroganz in der Schule gelassen hätte. Sie sah gerade viel zu dünn aus. Zu bleich. Trotz der Solariumsbräune.

»Ich glaub aber, es ist niemandem was passiert. Nicht wirklich, meine ich«, sagte Helen. Sie hatte Angst, dass Tita gleich zusammenklappen könnte.

»Glaube ich auch.« Oh ja – Tita hatte es genau gesehen.

Sie blickten zusammen zurück auf das Chaos, die Rettungs- und Polizeiwagen und die Reste des Krans. Sein gefalteter Metallhals sah aus wie eine Skulptur. Als wäre er mit Absicht dort platziert worden.

»Schade, dass das Ding nicht in die andere Richtung gefallen ist«, sagte Tita.

Dann hätte es ihre Schule getroffen, stimmt, dachte Helen. Und hätte fast gelacht. Über einen Scherz von Tita. Zeichen und Wunder, Zeichen und Wunder.

»Tja.«

»Tja.«

»So sehen wir uns wohl zwangsläufig morgen«, sagte Helen.

»Muss wohl«, sagte Tita. Dann begann sie sich wieder zu richten, jetzt mit mehr Farbe im Gesicht. »Pass gut auf dich auf, da draußen.«

Helen nickte nur. Sie wusste nicht, was sie dazu sagen sollte.

Als es ihr einfiel, war Tita schon weg.

*

Kurz darauf landete wieder eine Botschaft von P.H., dieses Mal über den Messenger. Helen schaute sie nicht an. Sie hatten keine Lust, sie sich jetzt anzusehen. Dieses Problem war ihr gerade unendlich fern und sie hatte kein Bedürfnis danach, es wieder an sich herankommen zu lassen. Doch nur einen Augenblick später erschien eine weitere Nachricht – dieses Mal wieder virtuell-mental.

Aber es war nicht das Übliche, kein Hinweis auf einen Speichervorgang. Sondern:

Dir verbleiben noch 9 Speicherpunkte!

Sie blinzelte.

Wie bitte? Was war das?

Neun Speicherpunkte?

Die Regelfrage wieder, ja, aber so oder so – das waren unfaire Regeln! Man kann doch nicht mittendrin einfach, ohne Erklärung –

Und was heißt hier, ihr »verbleiben noch«? Als ob

sie bisher über die Speicherpunkte Verfügungsgewalt gehabt hätte. Als ob sie hätte bestimmen können, wann und wo sie abspeicherte! Nicht dass sie sich bei irgendjemandem beschweren konnte.

Außer womöglich beim rasenden Rolli.

Vielleicht war der Speicherplatz auch einfach begrenzt, dachte sie. Was für eine gewaltige Datenmenge, wie viele Informationen jedes Mal abgespeichert werden mussten, das war schon ein dickes Ei. Oder? Eigentlich ja die ganze Welt, mit allen Menschen. Mal eben so das Universum. Gottes Festplatte konnte ihre ganze Schöpfung also nur so und so oft fassen. Wenn sie mal versuchen würde, dieses Problem mit Köpke zu klären, das könnte lustig werden.

Neun also –

Der Narr hat vielleicht auch nur seine Schuldigkeit getan, dachte sie.

Wenn sie hochrechnete, wie viele Speicherpunkte sie bisher erlebt hatte, lag die Vermutung nah, dass es so gegen Mitternacht mit dem Speichern zu Ende gehen würde. Okay. Das war vielleicht nicht fair. Aber ihr blieb der Rest des Tages, um das Beste daraus zu machen. Immerhin: Man kündigte es an.

Soll sein, soll sein, hat einmal ein weiser Mann gesagt.

In diesem Moment kam eine dritte Nachricht bei ihr an. Eine ganz normale. Es war wieder eine SMS. Zur Abwechslung nicht von P.H. Sondern von Georg. Helen bekam langsam Probleme mit dem Konzept des Zufalls, aber da konnte sie noch morgen drüber nachdenken.

»wollen wir uns sehen? G.«

Dieser Typ hatte echt Nerven. Woher nimmt er diese Chuzpe? Aber klar, dachte sie – der musste ja noch seine Wette gewinnen. Sie schüttelte den Kopf, fassungslos. Einfach »sehen«, ja? Sicher, so wird es sein!

Helen blickte wieder auf die Metallskulptur. Feuerwehrmänner waren bereits dabei, sie mit Schneidbrennern zu zerlegen. Sie zu amputieren. Wie Jäger die erlegte Beute. Oder wie Metzger.

Gut, dachte Helen und spürte, dass sie heute zu viel Kaffee getrunken hatte. Und den Schnaps. Wahrscheinlich vor allem den Schnaps.

Na gut, dachte sie und grinste jetzt wieder auf diese Art, die P.H. völlig verstört hätte. So einen Ausdruck hatte man bis heute nicht auf dem Gesicht der Heiligen Jungfrau Helena gefunden.

Na gut, dachte sie wieder.

Okay.

(Sie bekam diesen Ausdruck einfach nicht aus ihrem Gesicht.)

Ziehen wir es durch.

Wenn nicht heute – wann dann?

LEVEL SIEBEN

Oben, auf dem Dach des Townhouses, befand sich kein Pool, sondern nur ein aufblasbares Ding aus Gummi. Regenbogenbunt. Gerade groß genug, dass der Hintern eines Erwachsenen reinpasste. Als sie es sah, lachte Helen. Sie konnte nicht anders. Außerdem löste das die Spannungen. Zumindest ihre. Georg wusste ja nicht, was in ihrem Kopf so vor sich ging.

»Öhm. Was ist denn so witzig?«

»Das Gummibecken. Oder wie heißt das? Planschbecken? Aufblasgummipool, oder so?«

»Ähm. Weiß nicht.«

»Gibt's da nicht einen Begriff für?«

»Naja. Schon Planschbecken, oder?«

Sie lachte wieder. Auf diese unkontrollierte Art. Zum jetzt dritten Mal, seit sie hier war. Sie fand es eigenartig, wie sehr ihre Kleidung dabei raschelte.

Das erste Mal ist es über sie gekommen, als er die

Tür geöffnet hatte. Nicht nur wegen seinem verblüfften Gesichtsausdruck. Sondern weil Georg eine Brille trug. Das hatte sie nicht gewusst. Wahrscheinlich wusste es niemand. Sie hatte in diesem Moment auch schon viel zu laut gelacht, viel zu eigenartig gelacht – dabei sah die Brille nicht schlecht aus. Wirklich. Angenehm normal. Wie Georg überhaupt. Sie war nur überrascht gewesen.

Helen lachte jetzt also wieder ohne erkennbaren Grund. Sie kam sich sogar selbst recht hysterisch vor.

Georg schaute sie an wie etwas Unbekanntes. Unbenanntes. Als wäre sie eine Chimäre. Halb Mädchen, halb irre Vettel. Halb Elfe, halb Troll. Sweet & Sour, fifty fifty.

Sie machte es ihm wirklich nicht einfach, zugegeben. Aber deswegen war sie auch nicht hier. Was war diese Helen nicht eigenwillig und unverständlich und rätselhaft und wunderlich! Das Vorrecht der Frauen, oder nicht?

»Hans badet da immer drin. Zumindest im Sommer«, sagte Georg. Wohl um irgendwas zu sagen.

Neben dem Planschbecken gab es hier oben noch eine Handvoll ganz normaler, einfacher weißer Plastikpartystühle. Solche Standard-IKEA- oder Baumarkt-Teile eben. Der dazugehörige runde Plastiktisch stand ebenfalls herum. Ein zusammengefalteter Sonnenschirm daneben. Blumentröge und ein kleiner Kräutergarten in Terrakottagefäßen.

»Wer ist denn Hans?« Helen beruhigte sich wieder. Wenn auch mühsam.

»Mein – … kleiner Bruder.«

»Wusste gar nicht, dass du einen hast.«

Woher auch? Eigentlich wusste sie auch sonst nicht viel über ihn. Nur die oberflächlichen Fakten, ein paar Grundlagen. Viel geredet hatten sie in all den Jahren nicht. Nur das oberflächliche Zeug eben. Und das hatte sich irgendwann auch mehr und mehr reduziert. Je älter sie wurden. Je hormonlastiger sie wurden.

Der Ausblick war ziemlich beeindruckend, das zumindest stimmte mit ihrer Vorstellung überein. Die Dächer der Stadt, wie eine Ebene vor ihr. Eine Ebene, die von Schluchten durchzogen war, die Metallflüsse über Jahrtausende gegraben hatten. Dann natürlich der beeindruckende Himmel. Einfach weil man so selten den Himmel von einem Ende des Horizonts zum anderen sehen konnte. Man lebte ja in den Schluchten da unten. Wie Morlocks. Kein Wunder, dass wir unsere Smarties anbeten, dachte sie.

Schade war nur, dass ein unspektakulärer Sonnenuntergang ablief. Das Licht war dünn und wurde nur dünner, die Farbe nur ein schwaches Rosa, das nur dunkler wurde.

»Doch. Er ist sechs. Und nervt die Hölle.« Georg ließ das Planschbecken nicht aus dem Auge. Als würde es ihn an mehr als nur seinen Bruder erinnern. »Die Eltern lieben den kleinen Batzen. Die würden ihn heute noch pudern und wickeln, wenn er das mit sich machen lassen würde. Und wenn sie mal da sind.« Er schaute weg und in die Ferne. Wie ein Lotse im Ausguck. Sie hätte fast wieder gelacht, aber dann beherrschte sie sich. Etwas in seinem Gesicht warf sie in eine andere Bahn. Sie entdeckte zwei kleine Aknenarben an seinen Wangen. Seine Augen strahlten hinter der Brille genauso wie ohne sie. Diese verfluchten Augen. Diese Augen erinnerten sie wieder an gestern.

Einen Tag, den es nie gegeben hat.

»Die Putze ist jedenfalls öfters hier als die.«

»Putze«, echote es in Helen. Etwas verfinsterte sich wieder und das war nicht nur der Himmel.

Georg füllte die Stille: »Die Alten müssten gerade in dem Hochhaus sein. Dem da.« Er zeigte auf einen der kleineren Türme im Norden, wo nach und nach Lichter angingen. Helen glaubte in Georgs Atem Alkohol zu riechen.

»Hast du Geschwister?«, fragte er.

Diese Augen und wie sie gestern in sie hineingeblickt hatten. Bevor sie sich geküsst hatten. In den Jungstoiletten. Nachdem sie ihm freiwillig dorthin gefolgt war. Als wäre sie von diesen Pupillen aus Eis hypnotisiert worden. Was nicht stimmte. Denn sie wollte ihm folgen. Es hatte schon ewig in der Luft gelegen, selbst wenn sie ihn verachtete, ihn und seine Art. Und seine Wirkung. Obwohl sie so wenig gesprochen hatten in den Wochen davor. Sie wollte ihn küssen. Schon lange. Hast du einen Augenblick? – Wofür?- Kommst du kurz mit? – Okay.

»Nein. Einzelkindchen.«

Sie waren allein gewesen. In der dritten Etage war sowieso nicht viel los in den großen Pausen. Die Kabine duftete nach Putzmittel. Die Toiletten waren immer sauber in ihrer Schule. Strahlend. Darauf legten Kollegium und Elternrat und Schülervertretung größten Wert. Es duftete nach Apfel und Zitrus.

»Dein Glück«, sagte Georg. Er starrte auf das Hochhaus, als wäre es das schwerste Los der Welt,

Eltern außer Haus und einen kleinen Bruder zu haben. »Glückskind.«

Das Schlimmste war: Der Kuss war gut gewesen. Nicht aufdringlich. Kein Überfall. Mit Zeit und Raum. Erst lagen ihre Lippen aufeinander. Dann öffneten sie sich vorsichtig. Seine Zunge war glatt und sanft. Kein Belag.

Ein Graffito war trotz Sauberkeit und der rigorosen Hygiene hier doch übrig geblieben – an der Wand hinter ihm. Über seiner Schulter. Bevor sie die Augen schloss, las sie: ».NieMalsKapitulieren!«

Dann hatte sie dieses komische Gefühl gehabt. Ihr war, als ob sie beobachtet wurden. Da war kein Geräusch gewesen, nur dieses Gefühl. Sie hatte die Augen geöffnet, während ihre Zungen sich weiter erkundeten. Nach oben gesehen. Intuitiv.

Jemand hatte ein Handy über die Kabinenwand gehalten. Und sie gefilmt. »Okay, okay, reicht, Wette gewonnen«, hatte Jacob gesagt, als er merkte, dass er aufgeflogen war.

An all das erinnerte sie sich.

All das ist nie geschehen.

Helen fand es schrecklich, dass Georg sich nicht an ihre Schläge und Tritte vom Morgen erinnern konnte.

Auch das – nie geschehen.

Eine nicht vollzogene Strafe für eine nie begangene Tat.

Ich glaub, ich weise mich gleich in die Geschlossene ein.

Ich könnte ihn vorher noch abmurksen.

Sie könnte auch die Welt zerstören. Verwüsten. Alles anzünden. Dieses Haus zum Beispiel. Damit könnte sie beginnen. Dann die anderen Luxuseigentumswohnungen. Dann den nächsten Straßenzug. Die ganze Stadt eine große Geburtstagskerze, und sie würde sie anzünden. Wie Nero. Nur ohne Konsequenzen. Es wird nie geschehen sein.

Ihr fiel auf, dass sie in den letzten Sekunden wieder zum Eichhörnchen geworden ist. Kommt nicht infrage, dachte Helen und richtete sich auf. Dabei bemerkte sie, wie krumm auch Georg dastand.

Und ja, sie rochen beide nach Alkohol.

»Irgendwann stelle ich mich da rauf und springe«, sagte Georg.

Er zeigte auf die Balustrade, Nordrichtung, Blickwinkel Hochhaus mit seinen Eltern drin.

Warum löste alles, was er sagte, diesen Lachreiz bei ihr aus? Sie fand es nicht mal lustig. Nur blöde. Armer, reicher Junge – wirklich? Die Eltern kümmern sich nicht? Er bekommt nicht genug Aufmerksamkeit?

Bu-hu! Heul doch!

»Nicht dein Tag heute, oder wie?«, sagte Helen laut und schnippisch. Noch bevor er antworten konnte, kletterte sie selbst auf die Balustrade. »Meinst du: Ungefähr so?« Da oben war es gerade breit genug, dass man drauf stehen konnte. Eine Fusslänge. Neben ihr ging es wohl zwanzig Meter in die Tiefe.

»Kommst du auch?«

Georg zögerte. Wahrscheinlich hatte er noch nie hier oben gestanden. Mit Sicherheit nicht. Blöder Schwätzer.

»Na?«

Aber seine Maskulinität war infrage gestellt worden. Also kletterte er zu ihr – erst ein Bein, festen Stand suchend, dann schob er sich mit dem zweiten langsam hoch, und dann standen sie da. Nebeneinander.

Name des Bildes: »Am Abgrund (zwei Teenager, vereint in Antipathie, schweigend, schmollend)«.

Das Gemeinste war: Der Kuss hatte sich zu dem Zeitpunkt, als Jacob seine Deckung aufgegeben hatte, immer noch echt angefühlt. Zart und warm und feucht und liebevoll.

»Wer zuerst?«, fragte sie.

Das Grausamste war: Jacob hatte gelacht, gegen die Kabinenwand gehämmert und gesagt, er lädt es gleich hoch.

»Ladys first«, sagte Georg, und endlich lachte er auch mal. Ganz kurz. Eine Art Testlauf. Er erstickte eine Sekunde später fast daran.

Denn Helen nickte, drehte sich und lehnte sich nach hinten.

Selbst wenn Georg schnell genug gewesen wäre, hätte er sie nicht halten können. Er wäre nur mit ihr in die Tiefe gestürzt. Sie blickte ihm in die Augen, während sie fiel. Arme ausgestreckt. Wie Flügel ohne Federn. Nur Knöchelchen. Ihr Schlabbershirt flatterte. In seinen Augen war kein Entsetzen, nur Verblüffung. Grenzenlose, bodenlose Verblüffung.

Der Schock wahrscheinlich.

Sie flog.

Helen fühlte sich schwerelos –

Letzter Spielstand wird geladen …

In dem Moment schoss ihr durch den Kopf, wie dumm sie war. Wie unendlich dumm.

Wenn gerade eben ein Speicherpunkt aufgetaucht wäre, mitten im Fallen – dann hätte sie nicht mehr zurückgekonnt. Nie mehr. Sie wäre in den Tod gestürzt. Beziehungsweise noch schlimmer – sie hätte vor dem Aufprall neu laden müssen. Doch sie hätte mitten im Fall wieder angesetzt. Auf ewig gefangen in diesen Sekunden zwischen neuem Laden und dem Aufprall.

Ein ewiges Fallen.

Wie im schlimmsten Albtraum.

Ein Schwindel erfasste sie. Helen setzte sich auf die Bordsteinkante und atmete tief ein und aus. Oh Gott, was für ein Horror! So einen Scheiß machst du nie wieder, versprochen, mein Schatz? Niemals wieder! Versprochen?

Versprochen!

Dir verbleiben noch 8 Speicherpunkte!

Mittlerweile hatte sie sich auch schon an diese neue Botschaft gewöhnt, die nach jedem Speicherpunkt auftauchte, nur um sie an die Endlichkeit zu erinnern. Auch wenn sie nur neu geladen hat. Ein kleiner Hinweis. Als Gedächtnisstütze. Das Kribbeln verschwand, wie gewohnt. Sie wurde wieder ruhiger. Sie stand auf, richtete sich das Haar. Aber das war gar nicht durcheinander, auch wenn sie den Wind des Falles noch immer zu spüren glaubte.

Plötzlich folgte noch eine Meldung.

Die Regeln wurden wieder geändert:

Dir verbleiben noch 4-mal neu laden!

Ach, ist das so?, dachte sie. Frechheit.

Sie durfte einfach nicht mehr so oft neue Versuche angehen. Oder brauchen. Sonst würden die letzten Speicherpunkte einfach geschehen, ohne dass sie sie auch nur einmal nutzen konnte. Aber bei dem Mist, den sie baute, wäre das wahrscheinlich auch nur zu ihrem Besten.

Helen drehte sich um. Blickrichtung Haustür. Aber sie klingelte noch nicht.

Der Typ vom Kiosk hatte ihr dann doch noch einen Schnaps mitgegeben. Aufs Haus. Dieses Mal öffnete sie den Flachmann und leerte ihn. Erstens weil der da drinnen ja offensichtlich auch schon was intus hatte, und zweitens weil sie dieses Mal keine schlechte Laune verbreiten wollte.

Dafür war sie nicht hier.

Brr. Ekelhaftes Zeug. Nun dann. Klingeln, Summer, Fahrstuhl. Ein Blick in den Spiegel.

Georg öffnete die Tür. Die Brille überraschte sie nicht mehr. Er hingegen schaute wieder baff. Sie hatte gar nicht auf seine SMS geantwortet, sondern sie war einfach hergekommen. Er hatte ja sturmfreie Bude, wie sie wusste. Seine Hilflosigkeit im ersten Moment: Auch beim zweiten Durchlauf noch sehr schmeichelhaft.

»Störe ich?«

»Ähm. Nö. Nein.« Er richtete seine Brille. »Ich dachte nur, wir verabreden uns …«

»Ja. Aber ich war grad um die Ecke. Also in der Gegend und dachte, ich klingel mal.«

»Klar.« Ein Lächeln. Schau an. Georg fing sich schon. Wenn sie nicht als Erstes hysterisch gackerte, konnte er ganz gut mit ihrem Besuch umgehen. »Komm rein.«

»Danke.«

»Du warst noch nie hier, oder?«

»Nee.« Sie schüttelte den Kopf.

Letztlich war auch das Innere nicht so Villen-mäßig und großkotzig gewesen, wie sie es erwartet hatte. Nicht mal ansatzweise.

Auf dem Weg hierher war ihre Vorstellung von diesem Haus noch ziemlich ausgeufert. Ihre Fantasie war völlig mit ihr durchgegangen. Sie stellte sich vor, es gäbe Bildschirme in den Fußböden, den Decken und Wänden. Die Räume so zahlreich, dass sie eher als Labyrinth gedeutet werden mussten. Viele verschlossene

Türen. Mit etwas Besonderem dahinter, etwas besonders Seltenem. Türen, die man doch irgendwie öffnen konnte. So war das immer mit diesen Türen. Sie müsste nur herausfinden, wo die Schalter waren oder welchem Bossgegner sie den Schlüssel abnehmen konnte. Obwohl dahinter dann wohl nur eine Sauna wäre und Fitnessräume, Thermalbäder oder Bibliotheken. Der Salon. Billardraum.

Ein Wintergarten aus Kristallglas.

Aber letztlich war hier alles nur hell und mit hoher Decke. Moderne Einrichtung, versteht sich. Nüchtern, würde sie sagen. Schrecklich sauber. Steril. Ein bisschen mehr Chaos könnte diesem Haushalt guttun. Oder ein bisschen mehr Geheimnisse.

»Keiner da?«

»Nein. Bin gerade allein hier. Alles meins, sozusagen.« Eine einladende Geste. »Ich bin der König über mein Reich.«

»Fehlen nur Untertanen.«

»Geht auch so. Um die müsste ich mich ja kümmern.«

Helen dachte an seinen Bruder.

»Oder umgekehrt«, gab sie zu bedenken und erinnerte sich an die Putze.

Aber er zuckte nur mit den Schultern:

»Musik?«

»Versteht sich.« Nicht wieder zu frech werden, dachte sie. Sie war auf dem besten Weg, zu einer P.H. zu mutieren. Muss nicht sein.

Georg machte sich daran, die Anlage im Wohnzimmer-Schrägstrich-Esszimmer anzuknipsen. Es dauerte länger als es musste. Er gewann Zeit. Helen stand neben dem eierschalfarbenen Sofa, bis eine Best-of antiker Musik zu dudeln begann.

»Was ist das?«

»Was?« Er ließ den Kopf noch unten.

»Die Musik.«

»Weiß nicht. Hört die Frau, die bei uns sauber macht, immer. Soll ich nachsehen?«

Helen ließ sich auf das Sofa fallen. »Ne, schon in Ordnung. Lass ruhig laufen.« Und ja, sie legte ihre Beine mit Absicht auf die Lehne. Sie hatte Schlabberhosen an – so what?

Georg stand wieder auf. Immer noch sichtlich ratlos, wie es weitergehen sollte. Er brauchte eine Sekunde, um sich an den nächsten Schritt im »Wie verhält man sich, wenn Gäste im Haus sind«-Handbuch zu erinnern.

»Hast du Durst? Möchtest du was?«

»Wodka Red Bull?« Ts, das war schon wieder zu direkt, dachte sie. Doch er wurde plötzlich locker. Klar. Das nannte man ein Zeichen. Er gab ein zustimmendes Nicken. Jetzt hatte er auch einen guten Grund, um in der Küche zu verschwinden. Sich noch mal sammeln. Und vor allem – selbst was zu trinken.

»Bist du nicht sowieso schon der König der Schule?«, sagte sie. Sie konnte es nicht lassen. Warum begann sie schon wieder, ihn zu provozieren? Aber dieses Mal war er es, der einfach lachte.

»Bin ich gar nicht. Ich tu nur so. Wir haben doch eine Königin, das genügt schon, oder?«

Helen fummelte an ihrem Armband herum. Sie tat das immer öfter. Wie um sich zu versichern, wo sie war. Wann sie war. Was von den Dingen, die geschehen sind, *wirklich* geschehen ist.

»Die würde auch niemanden neben sich dulden!«

Georg kam mit einem dreiviertelvollen Glas und einem Bier zurück.

»Ist aber kein Red Bull. Irgendein No-Name-Energy-Drink.«

»Passt schon.«

Georg drehte den Sessel ein wenig, sodass er mit

dem Gesicht zu ihr saß. Dann ließ er sich nieder. Nahm einen Schluck. Augen in Bewegung. Ihre Beine, klar.

»Wie war dein Tag?« Notfrage, aber eine Frage nichtsdestotrotz. Sogar die richtige.

»Wild. Und eigenartig. Aber er hätte ganz anders verlaufen können. Schlimmer. Ist er aber nicht.«

»Das heißt?«

Wie soll ich es dir erklären?, dachte sie. Ich habe dich zum Beispiel vor einem Fehler bewahrt.

»Ich habe heute einiges herausgefunden.« Jetzt trank Helen auch. Georg war erstaunlich geizig mit dem Wodka gewesen. Ist er also doch ein Gentleman?

»Was denn?«

»Zum einen: Mein Vater ist vielleicht gar nicht mein Vater. Und er hat außerdem noch eine Geliebte. Was sagst du dazu?«

Er zuckte mit den Schultern. »Wirft die Frage nach deinem echten Vater auf.«

Stimmt. Daran hatte sie noch gar nicht gedacht.

»Dir scheint das nicht viel auszumachen«, bemerkte er, während Helen dieser neue Gedanke im Griff hielt.

»Naja. Weiß ich gar nicht genau. Es ist heute noch so viel mehr passiert. Kann sein, dass ich morgen deswegen 'nen epischen Anfall bekomme.«

Dann schwieg sie wieder und grübelte. Georg nahm einen großen Zug aus dem Becks. »Mein Bruder ist eigentlich auch nicht mein Bruder.«

»Sondern?«

»Halbbruder.«

Helen nahm ihre Beine von der Lehne. Sie war jetzt neugierig. »Wie? Jemand neu geheiratet also?«

Er schüttelte den Kopf. »Seitensprung. Sein echter Vater ist … naja, es ist kompliziert.«

»Ich hör zu.«

»Meine Mutter war irgendwo im Ausland und da war ein Stecher, und wie auch immer, dann war sie schwanger. Der Kleine weiß es jedenfalls noch nicht. Das wird echt eigenartig sein, wenn sie ihm das mal verklickern, irgendwann. Ich will gar nicht dran denken, ehrlich gesagt. Wenn es nach mir ginge, würde man es ihm vielleicht nie sagen.« Noch ein Schluck. »Für mich ist er mein Bruder. Ich fände es blöd, wenn er mich auf einmal nur noch als Halbbruder sieht, weiß du? Die Wahrheit ist doch völlig überschätzt. Tut nur weh, oder?«

Wahre Worte.

»Ist dein Vater nicht ausgeflippt?«, fragte Helen.

»Die sind da nicht so. Oder sie tun als ob.« Er zögerte nur einen Moment, bevor er weitersprach. »Die vögeln ab und an mal irgendwo rum. Und lieben sich trotzdem, meistens jedenfalls.«

»Wow.« In ihrem trockensten Tonfall. »Moderne Familie, würde ich sagen.«

»Patchwork. Wir haben ja Geld, also warum nicht noch ein Kind, von wem auch immer?«

»Ganz schön krass.«

Er zuckte mit den Schultern. Wenn Helen richtig mitgezählt hatte, zum dritten Mal in Folge. »Nicht so krass, wie es für den Kleinen sein wird. Wahrscheinlich polstern sie ihn deshalb schon mal in extra viel Liebe ein. Vorsorglich. Als ob sie es auf ein Konto einzahlen.« Dieser aufgeblasene Junge klang jetzt gerade fast zärtlich. Aber er war sowieso in einem ganz anderen Modus als in der Schule. »Entschuldige, dass ich dich hier so zulabere.«

»Schon in Ordnung.«

Vielleicht dachte er auch gerade so was in der Art wie: Ist gar nicht so 'ne Zicke, die Helen.

»Du magst deinen Bruder?«

Er zog eine Grimasse. »Er baut nie Scheiß«, murmelte er.

Man würde dieses Wort wahrscheinlich aus ihm

herausfoltern müssen, aber die Antwort war offensichtlich *ja.*

»Ich hab schon einen sitzen«, sagte er stattdessen.

»Ich auch.«

Er lachte. »Sag mal, hast du vielleicht Lust auf noch was anderes als Alk?«

»Was hast du denn?«

Georg machte mit Daumen und Zeigefinger der rechten Hand die universelle Geste für das Rauchen eines Joints. »Ist ganz gut.«

»Immer gern.«

»Müssen wir aber hoch. Müssen die Alten nicht riechen.«

*

Helen schaute auf ein Familienbild an der Wand. Spindeldürre Mutter, ellenlanger Vater, die beiden Jungen im Fußballdress. Wohl nach dem Training. Die Eltern hatten ihre Hände auf den Schultern des Kleinen.

»Entschuldige die Unordnung.«

Welche Unordnung?, dachte sie.

Er hatte unauffällig ein paar Socken unter das Bett

gekickt, eine Schranktür geschlossen, und nun war alles picobello. Aber er sah sich noch genötigt, das Fenster zu öffnen. Ich rieche was, was du nicht riechst.

Von seinem Zimmer aus hatte man ebenfalls diesen wunderbaren Ausblick, wenn man auch nicht so weit sehen konnte wie von der Dachterrasse.

Die Sonne stand jetzt tiefer. Das war wohl ungefähr der Zeitpunkt, an dem sie gesprungen ist.

Speicherpunkt erreicht!

SPIELSTAND GESPEICHERT

Das war wirklich knapp gewesen.

Dir verbleiben noch 7 Speicherpunkte!

Springe nur vom Dach, wenn du deinen Speicherpunkt kennst, soll dein Lebensmotto sein.

Dir verbleiben noch 4-mal neu laden!

Georg begann zu bauen. »Darf ich dich was fragen?«

Sie nickte.

»Bist du mit dem Hannes irgendwie zusammen?«

Helen hätte fast wieder gelacht, aber bevor es rausrutschte, war es ihr auch schon wieder vergangen. Sie war nicht nett zu Hannes gewesen. Ganz und gar nicht. Sie wusste sogar gar nicht mehr genau, warum eigentlich.

Was war noch mal das Problem gewesen?

Hatte das arme, hübsche Mädchen etwa zu viel Aufmerksamkeit bekommen?

Buhuhu! Heul doch!

»Nein«, sagte sie.

Er nickte langsam. Das bedeutete einerseits, dass er sich das schon gedacht hatte. Und ein klein wenig auch, dass es die Antwort war, die er sich erhofft hatte.

Dann fielen Helen die Leinwände in der Ecke auf. Sie waren so gedreht, dass man nur ihre Rückseite sah.

»Was ist das?«

Er leckte die Klebefläche an. »Bilder.«

»Danke. Das ahnte ich schon.«

Georg machte keine Anstalten, weiter darauf einzugehen. Er zauberte ein Feuerzeug hervor und der Joint wurde angezündet. Einmal Paff, zweimal. Er betrachtete die Glut und reichte den Joint weiter. Von Nahem sah das Ding nicht sonderlich gut gebaut aus. Helen nahm einen Zug. Dabei konnte sie Tabak eigentlich nicht ab.

»Danke«, sagte sie mit voller Lunge, gab ihn zurück und ging um das Bett herum.

»Lass mal bitte«, sagte Georg, aber sie nahm trotzdem eines der Bilder und drehte es herum. Er stöhnte eine Rauchwolke aus, aber ließ sie gewähren.

Äpfel, Birnen und Trauben in einer Schale. Sie atmete aus.

»Ein Stillleben?«

»Ein Stillleben«, bestätigte er.

Helen nahm noch eines.

»Ich lege hiermit offiziell Beschwerde ein«, maulte er leise.

»Zur Kenntnis genommen«, sagte sie.

Noch ein Stillleben. Gleiches Motiv. Mit leichten Variationen. Ein paar mehr Trauben. Eine Blume in einer Vase neben der Schale.

»Keine nackten Mädchen?«, fragte sie.

Georg grunzte.

»Geht das so weiter auf den anderen Bildern?«

Wieder ein Grunzen. »Ich übe.«

»Sehen ja ganz gut aus«, gestand sie, »aber sind die nicht ziemlich … langweilig?«

Es war schwer, sich die Enttäuschung nicht anmerken zu lassen. Sie wusste nicht, womit sie gerechnet hatte, aber damit nicht.

»Ich will ordentlich malen können. Bevor ich was anderes mache.« Er blies wieder Rauch aus. Es war auch schwer zu sagen, ob der Kringel mit Absicht entstanden ist. »Willst du noch mal?«

Helen ging wieder ans Fenster und übernahm den halb runtergebrannten Joint. »Merci.« So wie er dastand – arbeitender Künstler, zerbrechliche Seele hinter dem großen Poser – war es auch schwer, ihn nicht küssen zu wollen.

Aber da setzte das THC schon seinen Zauber frei.

Als sie auf dem Bett lagen, einfach nebeneinander, und über irgendetwas gelacht hatten, von dem sie beide nicht mehr wussten, was es gewesen sein mag (was sie gleich wieder zum Lachen brachte), dachte sie, eigentlich könnte ich jetzt sogar Opium rauchen und es wäre egal. Aber wo bekomme ich jetzt Opium her?

»Keine Ahnung«, sagte Georg.

Hatte sie das gerade laut gefragt?

»Habe ich das eben laut gefragt?«

»Was?«, fragte Georg.

Später sah sie sich die Bilder noch einmal genauer an. Plötzlich gefielen sie ihr besser. Immer noch ein bisschen langweilig, aber so detailliert. So ästhetisch.

»Ich glaube, ohne dich hätte ich einen sehr doofen Abend gehabt.« Georg sah sie jetzt das erste Mal so an, wie sie es gerade wollte. Wie in der Schule, nur ohne die Arroganz. Irgendwie war er wie seine Bilder – langweilig, aber ästhetisch.

»Ich hätte zu Hause bestimmt nur gezockt«, sagte sie und setzte sich wieder neben ihn.

»Karten?«

»Was? Karten?« Sie lachte. Wo lebte der denn? »Nein. Ego-Shooter. Wahrscheinlich. Oder auch was anderes.«

»Echt?«

»Vielleicht Call Of Duty Modern Warfare 5 oder 6. Oder Battlefield 4 oder 5. Oder den Multiplayer von Titanfall. Oder den neuen Halo-Ableger. Oder das neue Counter Strike Mods. Vielleicht auch was ganz anderes als Shooter. Final Fantasy. Guild Wars. Eve Online. Star Citizen. Devil May Cry. Resident Evil. Max Payne. Uncharted, Plants vs. Zombies, Day Z.« Er sah sie einfach weiterhin an, während sie immer mehr aufzählte. »Du hast keine Ahnung, wer ich bin, oder?«

»Nur dass du süß bist.« Georg korrigierte sich sofort. »Hübsch. Sehr.« Das kam sogar ganz charmant rüber, unterm Strich. Es klang auch nicht aufgesetzt. Wahrscheinlich hätte sie jetzt noch stundenlang Spiele aufzählen können. Wahrscheinlich sprach sie für ihn gerade in Zungen. Wahrscheinlich war ihm sowieso ganz egal, was sie so redete, solange sie hier war.

»Kleiner Fehler hier: Tita ist die Hübsche. Ich bin nur die Nerdige, wie du siehst.«

»Schließt sich ja nicht aus.« Dann rutschte er höher. Er war kurz davor gewesen, völlig in seinem Kissen zu verschwinden. »Wusstest du, dass Tita und euer Geschichtslehrer was miteinander haben? Wie heißt der noch mal?«

»Godling?«

»Cuddle-ing? Kann sein. Ja.«

»Sagt wer?«

»Weiß nicht mehr.« Er kam näher.

Aha. Helen fragte sich, ob sie verletzt war. Da war so ein Stich. War das Eifersucht? Wenn es einen Lehrer gab, der ihrer war, dann Godling, der Humorist. Historist und Humanist. Immerhin war das das einzige Fach, das ihr gehörte.

»Ich glaub, Jacob hat das von Franziska.«

Andererseits: Ist doch schön für ihn. Solange es die Schule nicht mitbekommt. Sei ihm gegönnt. Er ist ja auch noch jung. Siebenundzwanzig oder so? In irgendeinem Club hätte man sogar mit ihm rummachen können.

»Die hat die beiden wohl mal zusammen gesehen. Unschicklich nah beieinander.«

Georg guckte so, als sollte sie etwas empörter und überraschter sein. Doch wenn Helen sich heute an etwas gewöhnt hat, wenn sie etwas begriffen hat, dann, dass sie alle Bürger in Sodom und Gomorra waren.

Georg rückte noch näher. Soweit das überhaupt möglich war.

And when in Rome …, dachte Helen.

Aber nicht so betrunken und so bekifft.

Wenn, dann richtig.

Wenn, dann in aller Ruhe.

Es bleibt ihr ja sowieso nur die Erinnerung. Sie wollte, dass diese klar war.

Danach konnte es dann gerne Feuer vom Himmel regnen.

Helen zog ihr Handy vor.

Sie merkte sich die Uhrzeit.

Letzter Spielstand wird geladen …

Eigenartig, von einem Moment auf den anderen so viel nüchterner zu sein.

Dir verbleiben noch 7 Speicherpunkte!

»Darf ich dich was fragen?«, fragte er wieder, während er den Joint zu bauen begann.

»Ich weiß von der Wette«, sagte sie, anstatt ihm zu antworten.

Er erstarrte, die fast fertige Tüte zwischen den Fingern.

Dir verbleiben noch 3-mal neu laden!

Es war ihm anzusehen, dass er es im ersten Moment leugnen wollte. In seinen Augen war eine wilde Bewegung, aber dann wurden sie ruhig und sahen woanders hin. Nicht mehr in ihre Richtung.

»Okay. Ziemlich scheiße, oder?«, sagte er dann leise wie in einer Bibliothek.

»Ziemlich. War es Jacobs Idee gewesen?«, fragte sie.

Er schüttelte langsam den Kopf.

Das enttäuschte sie dann doch ein wenig. Sie hatte gehofft, dass man es diesem Trottel zuschieben konnte. Nicht dass Georgs Teilnahme dadurch entschuldigt gewesen wäre, aber trotzdem.

»Ich weiß auch nicht«, sagte er und trank einen Schluck. Er versteckte sein Gesicht hinter der Flasche.

Ich schon, dachte Helen.

Er mag mich.

Männer, dachte sie. Traurige Gestalten.

Aber manche sind immerhin ästhetisch.

»Was ist denn der Wetteinsatz?«

»Wie bitte?«

»Was gewinnst du, wenn du gewinnst?«

»Nichts. Geht um nichts, eigentlich.«

Nur darum, mich zu küssen. Mich, das arme, hübsche Mädchen, das alle küssen wollen.

Heul doch …

Helen überlegte noch einmal einen Augenblick, ob sie es wirklich wollte.

Es gab keine Konsequenzen. Nur Möglichkeiten. Nur Träume, danach. Nur Erinnerungen.

Sie nahm Georg den Tabak aus der Hand und zog ihn ein wenig an sich, um ihn auf das Bett zu schubsen.

Er sah zu ihr hoch …

Helen zog ihr Shirt aus. Sie ließ es auf den Boden fallen.

Er sah zu ihr auf, als wäre sie eine Heiligenerscheinung. Mit Corona und leuchtender Aura.

Die Heilige Jungfrau Helena.

Helen ließ sich Zeit, die Hosenknöpfe zu öffnen. Da die Hose so wunderbar weit war, konnte sie elegant ein Bein nach dem anderen befreien. Das Selbstbewusstsein war nicht gespielt. Nicht heute, nicht jetzt. Sie war bereit für den Gang, den Flug ins Auf-und-Hinaus. Für den Weg und alles was dazugehörte. Er wusste nicht, ob er noch länger hinsehen durfte. Und wohin.

Sie setzte sich auf seine Oberschenkel. Sie legte seine Hände auf ihre Hüften.

»Ich habe keine … Kondome hier.«

»Die brauchen wir nicht.«

Seine Hände strichen jetzt langsam hinab, an den Außenseiten ihrer Oberschenkel. Mit leichtem Druck auf den Fingerspitzen. Kein Gegrapsche. So, dass es sie gerade nicht kitzelte, sondern die Gänsehaut intensivierte. Er berührte sie, wie er sie geküsst hatte.

»Sicher?«, fragte er.

Helen nickte, beugte sich vor und legte ihre Lippen auf seine. Sie wusste nun, dass er in sie verknallt war. Sie spürte einen Triumph. Etwas wie Macht. Während er wieder auf die gleiche, angenehme Art begann, mit seiner Zunge ihre zu berühren. Sie öffnete ihren BH. Er sah sie immer noch wie eine Heilige an. Eine dieser Heiligen von American Apparel oder H&M.

Er fragte, ob sie wegen der Gummis wirklich sicher sei.

Ganz sicher.

Der Rest ergab sich von selbst. Der Schmerz war stechend, aber klang ab. Sie blickte auf ihn hinunter. Er hatte kaum Haare. Eine Brust wie straffe Babyhaut. Seine Finger versuchten Klavier auf ihr zu spielen, aber ihm fehlten die Noten. Seine Augen waren jetzt unfokussiert, obwohl er sie ansah. Sie verloren sich immer mehr, die Pupillen so weit, dass kaum etwas vom Blau übrig blieb. Als ob sein Körper keine Information mehr aufnehmen könnte. Zu viel kommt über die Haut und seinen Schwanz. Vielleicht überschwemmt es ihn. Dieser Gedanke machte ihr am meisten Lust. Auf einer höheren Ebene sozusagen. Sie war erregt, weil er erregt war. Nicht weil er Georg war. Nicht weil sie ihn liebte. Sie mochte ihn ein wenig, nach heute Abend. Mehr nicht. Er war faszinierend ästhetisch. Vielleicht wie ein Wandteppich, tausend Jahre alt. Man sah ihn gerne an. Dieser Körper – das war fast fiktional. Wie viel Zeit steckte er da wohl rein? Wie viele Stunden Sport und Körperpflege? Sehr ästhetisch. Aber mehr auch nicht.

Grafik ist zwar nicht alles, dachte sie, aber manchmal brauchte man auch nicht mehr.

Zumindest sie. Zumindest jetzt.

Sie stellte fest, dass sie gerne zubiss.

Ihr Atem war schnell, aber sie waren ganz leise. Sie wurden nicht laut, bis es vorbei war.

Wenn sie in ihrem Leben je einen dankbaren Blick gesehen hat …

»Wie spät?«, fragte sie, als sie nebeneinanderlagen.

Er sagte es ihr.

»Perfekt.«

»Was?«

»Alles.« Helen lächelte ihn an und küsste ihn noch einmal. So lange wie sie noch Zeit hatte.

Er wollte gerade wieder nach ihr greifen, aber –

Letzter Spielstand wird geladen …

Sie war wieder Jungfrau Helena.

Dir verbleiben noch 7 Speicherpunkte!

Sie beobachtete ihn, wie er am Fenster stand und am Joint baute.

»Darf ich dich was fragen?«, fragte er.

Sie wartete einen Moment länger dieses Mal, bis er die Tüte fertighatte.

Dir verbleiben noch 2-mal neu laden!

»Ich weiß von der Wette«, sagte sie, bevor er sie nach Hannes fragen konnte. Wieder schien er abzuwägen, ob er es abstreiten sollte, oder lügen, aber vor allem war er verblüfft. »Und ich wollte nur, dass du das weißt. Ich finde allein raus.« Er sah aus, als hätte er in das Gesicht der Medusa gesehen. Starr vor Schreck. Ein Jüngling, bleich. Wie aus Marmor gehauen, von alten Meistern. Fast hätte sie ihm einen Abschiedskuss gegeben. Sie bekam aber noch die Kurve, klaubte sich stattdessen den Joint aus seinen Fingern und steckte ihn sich zwischen die Lippen. Betont lässig. Atmete seinen Duft dabei noch einmal ein. Sein Hals war ganz weiß und sie vermisste dort ihre Bissspuren. Und am Rest seines Körpers.

Helen drehte sich einfach um und ging.

Abgang: Bühne links.

Vorhang.

Sie glaubte wirklich, Applaus zu hören.

LEVEL ACHT

P. H. ging so schnell ans Telefon, als hätte sie auf einen Anruf gewartet. »Nun, hallo, ja?« Allerdings: Sie klang, als wäre ein Gespräch um diese Uhrzeit das Letzte, mit dem sie jetzt noch gerechnet hätte. Typisch.

»Ja.«

Aber vielleicht hatte sie es auch sowieso nur zum Beten in der Hand gehabt, ein neues Lied suchend, wie immer. «Ah. Hört, hört.« P. H. klang ein wenig müde, aber gleichzeitig ganz aufmerksam. Die Ohren waren aufgestellt. »Rufst du an, um dich zu entschuldigen?«

»Ne.«

»Dann?« Ganz nüchtern.

»Ich will was von dir wissen.«

»Aha.«

»Wie küsse ich?«

Die Stille am anderen Ende zog sich.

War schon in Ordnung, P. H. brauchte Zeit zum

Nachdenken, zum Verarbeiten, klar, logisch. Sie musste erst verstehen, dass Helen es wusste. Woher auch immer.

Vielleicht denkt P. H., dass ich es immer wusste. Das ich nur nie was gesagt habe ... Dass es stillschweigendes Einvernehmen war?

Vielleicht aber dachte P. H. jetzt auch in die korrekte Richtung, vielleicht deutete sie Helens Verhalten am Nachmittag jetzt so, wie es gemeint war.

Was auch immer, sie nahm sich einige Augenblicke. Aber schon in Ordnung. Helen hatte keine Eile.

Sie war nur neugierig.

Dass Georg gut küsste, wusste sie. Überraschend gut. Aber sie hatte keine Ahnung, wie sie selber küsste. Das erschien ihr plötzlich eine wichtige Frage zu sein. Sie hatte vor, das jetzt öfter zu machen. Das war ein ganz frischer Beschluss, eben erst gefällt. Wenn sie schon diese Lippen hatte, na dann, von mir aus, dachte Helen und sagte:

»Ich hör dir zu ...«

Ja, zugegeben, da gab es noch einen anderen Grund für diesen Anruf. War ja offensichtlich.

»Gut.« Der Tonfall war schön neutral. Die alte P. H.

»Das heißt?«

»War ganz gut, heißt das.«

»Hast du es gemocht?«

»Naja …«

Naja!

»Willst du dich möglicherweise entschuldigen, Patricia?« Helen glaubte, dass sie P. H. noch nie mit ihrem echten Namen angesprochen hat. Das konnte wirklich das erste Mal sein.

»Nein. Will ich nicht, Nez.« Und fort war sie wieder, die Neutralität. Wie weggeblasen.

»Nez ist nicht mehr. Die hat sich vom Acker gemacht.«

»Schön zu hören. Die ging mir nämlich gehörig auf die Nüsse.«

»Weißte mal, wie das ist.«

Eigentlich hatte Helen vorgehabt, P. H. auch zu fragen, wie es ist, sie zu berühren. Ihre Brüste, ihre Hüften, Beine. Was immer P. H. an ihr berührt haben mag. Selbst wenn es nur ihr Hals gewesen wäre. Wie fühle ich mich wohl an? Georg wusste es, und was er berührte, hatte ihm gefallen. Aber sehen wir den Tatsachen ins Auge: Das hätte ihm auch bei jedem anderen Mädchen gefallen. Tita, der Königin, Käthe mit den langen Beinen, bei welcher auch immer.

Aber Helen tat es nicht. Sie fragte nicht weiter. Dann hätte sie bestimmt neu geladen, und so wie sie jetzt wieder miteinander standen, war es erst einmal okay, kein Grund, zu übertreiben. Nicht wenn sie nur noch zweimal neu laden konnte –

Alles andere werden wir dann sehen.

»Bis später.«

»Ja.«

Dann stand sie von der Holzbank auf, verließ den kleinen Park, der zur Townhaussiedlung gehörte, und schlenderte zurück in die echte Welt.

Feierabend, dachte Helen.

*

Sie war normalerweise nicht paranoid. Doch was war heute schon normal?

Helen sah sich alle paar Schritte um. Vielleicht hatte es was mit Jacob zu tun. Vielleicht erwartete ein Teil von ihr, dass er hinter einer Ecke hervorsprang und »Okay, Wette gewonnen« rief. Was natürlich Unsinn war. Schon weil die Wette nicht gewonnen worden war. Gar nichts war passiert. Vielleicht erwartete sie auch den Typen im Rollstuhl. Er konnte wieder auftauchen. Sie zu einem anderen Ort bringen, an dem sie gebraucht wurde. Aber auch damit rechnete sie nicht. Vielleicht war das alles einfach nur zu viel für sie gewesen.

Vielleicht wurde sie nur alt. Alt und wunderlich.

Andererseits … Da war doch jemand, der hinter ihr lief. Nicht direkt hinter ihr, aber doch: Er war fast immer da. Sie glaubte, sogar schon als sie bei Georg aufgebrochen ist.

Helen war erschöpft. Körperlich, mental. Konnte man auch seelisch erschöpft sein?

Sie überlegte, ob sie die letzten Stunden ihrer Fähigkeit nicht mit großartigen und gewagten Dingen verbringen sollte. Stürze aus den größten Höhen. Sex mit jedem, der ihr in die Finger kam. Doch noch die Drogenexperimente angehen. Aber sie wollte nicht.

Ehrlich gesagt, wollte sie zur Zeit nur eines. Nach Hause und abschalten.

Spielen.

Dann Schlafen.

Der Typ hinter ihr lief einfach weiter, als sie vor ihrem Haus ankam. So viel dazu. Auch wenn sie das Gefühl nicht loswurde, ihn zu kennen. Oder ihn bereits gesehen zu haben.

»Wie war dein Tag?«, fragte ihre Mutter sie im Flur im Vorbeigehen.

»Lang. Ganz gut, aber sehr lang.« So um die neunundzwanzig Stunden mittlerweile, schätzte sie. Oder womöglich sogar noch mehr.

»Schön. Hast du Hunger?«

»Nö. Naja. Ein bisschen«, korrigierte sie sich sofort. Dann raus aus den Schuhen, Fernseher an, Konsole an und Licht runtergedreht.

Gähn, streck.

Komisch. Der Typ auf der Straße hatte sie an den Rollstuhlfahrer erinnert. Eindeutig. Nur mit Beinen eben. Zum Abschluss hatte er sogar nett gelächelt. Wie ein Auf Wiedersehen.

Bevor sie darüber nachdenken konnte, kam ihre Mutter ins Zimmer. Sie brachte ihr einen Teller mit Käsebroten. Dazu Cherrytomaten. Die Normalität dieser Geste machte Helen fast kirre. Sie hatte überlegt, ob sie ihre Mutter fragen sollte, was sie denn heute gemacht hatte. Wo sie so gewesen war. Vielleicht sollte sie auch noch mehr Fragen stellen. Nach einem früheren Liebhaber. Dem aus dem Märchen. Ihrem echten Vater. Natürlich nur, wenn ihre Theorie stimmt. Denn mehr war es weiterhin nicht.

Aber auch das wollte sie jetzt nicht tun. Irgendwann. Nicht heute.

Es war genug.

»Du hast also wirklich nichts angestellt?«, fragte ihre Mutter dann doch, bevor sie ging, um sich bettfertig zu machen.

»Absolut gar nichts.« Und in dieser Realität war das die ganze Wahrheit und nichts als die Wahrheit.

Wenn sich ihre Eltern scheiden lassen würden, wäre das doch auch eigentlich kein Drama, dachte Helen. Wenn ihre Mutter dann den Schleier ablegen würde und ihr Vater mit Danila glücklich würde …

Von mir aus.

»Geh nicht zu spät ins Bett, Schatz.«

Normalität hatte auch was Schönes.

»Würde ich nie tun.«

Allerdings waren es bis dahin noch ein paar Schritte. Normalität stellt sich nicht von selbst ein.

»bock auf'ne runde?«

Sie biss in ein Käsebrot. Normalerweise antwortete Hannes auf eine Nachricht sofort.

Aber jetzt kam nichts.

Sie wusste nicht, welches Spiel sie starten sollte. Auf eine Solokampagne hatte sie keine Lust. Der ganze lange Tag war eine einzige Solokampagne gewesen.

Sie dachte schon wieder an P. H., aber sie konnte sich jetzt nicht bei ihr melden. Unmöglich. Helen konnte sowieso nicht teilen, was heute geschehen war, egal mit wem. Das tat komischerweise sogar ein bisschen weh.

Es fühlte sich einsamer an, als allein zu sein, dachte sie.

Die Brote waren schon aufgegessen. Nur noch eine Tomate. Sie stupste sie an.

Noch immer nichts von Hannes.

Wahrscheinlich spielte er sowieso schon lange.

SPIELSTAND GESPEICHERT!

Was soll's. Sie ging online und schaute nach ihren Freunden. Es war ja nicht so, dass sie sich schämen müsste.

Wie erwartet – Uwe und Hannes waren da. Auf der vertrauten Map. Ihrem virtuellen Zuhause.

Mein Zuhause ist ein Kriegsgebiet, dachte sie.

Helen trat dem Spiel bei und zog die Tastatur näher. Sie hatte bei ihren Eltern lange um diese Tastatur kämpfen müssen. Es war schwer, ihnen zu erklären, dass sie auch auf ihren Konsolen in der Lage sein musste, zu tippen:

[nikita hari] may a lady join?

[uns-uwe42] komm und kill!

Sowie x weitere Antworten von Wildfremden, die sich versichern wollten, ob sie es wirklich mit einer Lady zu tun hatten.

Ab und zu gab es Typen, die sie beschimpften, weil sie ein Mädchen war. Das reichte manchen Jungs schon. Die fühlten sich allein von ihrem Geschlecht bedroht. Dass ein Girl überhaupt glaubte, hier auftauchen zu dürfen. Besonders wenn diese Typen gerade verloren hatten. Wenn dieses Mädchen sie ein ums andere Mal niedergestreckt hatte, Kill um Kill davonzog und sich über sie lustig machte. Wenn sie ihnen keine Chance ließ. Das verkrafteten die wenigsten. Für die war sie dann eine Schlampe, eine blöde Nutte, und sie soll sich doch in die Küche verziehen oder Schwänze lutschen gehen, wie es sich gehört, oder am besten hätte sie sich gleich abtreiben lassen sollen. Aber ihre Jungs, ihr Team, machte den Troll dann in seiner eigenen Sprache so nieder, dass der regelrecht in Flammen stand. Sie glaubte, dass Uwe und Hannes diese Typen sogar durchs ganze Netz jagten, ihre sozialen Identitäten kaperten und ihnen so dieses Verhalten austrieben. Aber sie hatte die beiden nie danach gefragt. Uwe jedenfalls wäre dazu in der Lage. Der konnte einen FB-Account schneller übernehmen, als man sich ein neues, sicheres Passwort überlegen konnte, »*Wuestenmaeusefangfachkraft39dringendgesuchtDuNOOB*« mal so als Beispiel.

Helen wusste nur, dass es ganz selten passierte, dass der gleiche Troll sie ein zweites Mal beleidigte. Oder es wagte, überhaupt nur wieder bei ihnen auf den Maps aufzutauchen.

Sie fummelte nach den Kopfhörern und zog sie unter dem Sofa hervor. Dann war sie im Teamspeak und hörte, wie die anderen spielten.

»Wie läuft's?«

»Geht so«, sagte Uwe. Man hörte, dass er konzentriert war. Fokussiert. Wohl gerade beim Anvisieren und Abdrücken. Noch konnte sie seinen Avatar nicht sehen, oder irgendeinen der anderen des Teams. »Keule versucht mal wieder, dich zu ersetzen, aber der ist nicht Mädchen genug.«

»Hey!«, maulte Keule dazwischen. »Selber!«

Keule war ein Kumpel von Uwe. Wohnte wohl in Süddeutschland und gehörte zur erweiterten Gruppe, die sich um ihr Team gesammelt hatte.

»Keule hat sich heute auch nicht mal richtig geschminkt«, ergänzte Uwe.

Jemand gackerte im Hintergrund. Der Tonlage nach zu urteilen, war es Edgar. Sie hatte auch Edgar noch nie gesehen, aber er musste sehr alt sein. Vierzig, oder vielleicht schon fünfzig. Er versuchte das Team immer mal wieder davon zu überzeugen, doch auf einem Computer zu spielen. Von wegen mehr Präzision wegen Maussteuerung. Wahrscheinlich war er auch einer dieser antiken Doom-Pioniere, einer dieser Typen wie Pochensen. Himmel, vielleicht war es sogar Pochensen! Sie versuchte sich ihn an einem Schreibtisch vorzustellen, wie er zockte, in Eichhörnchenhaltung. Aber letztlich sah sie nur ein Eichhörnchen. Ein sehr konzentriertes und sehr nervöses und mit einem sehr dicken Bauch.

»Jetzt ist Mutti ja bei euch«, sagte Helen und war einsatzbereit. »Wo steckt ihr?«

»Flugzeughangar, hinten. Achtung: Sniper im Tower!«

»Und – tot«, informierte Keule.

Die folgende Stunde war eigenartig. Alles war wie immer. Gutes Verhältnis zwischen Frags und eigener Sterberate. Wechselnde Gegner auf gutem Niveau.

Fordernd, aber keine E-Sportler. Vor allem: keine Cheater weit und breit. Kein Troll. Ein ganz durchschnittlicher Abend. Im allerbesten Sinne.

Mit dem Unterschied, dass Hannes kein Wort sagte.

Er war da, er spawnte, er spielte, schoss und starb. Helen wollte es nicht zulassen, aber sein Verhalten machte sie schon wieder wütend auf ihn. Auf seine Art. Er war auf jeden Fall Mädchen genug, dachte sie. Zu viel Lippenstift, würde man meinen. Pink, bestimmt. Der konnte sie doch mal …

Neue Runde.

»Ihr von links, ich hab von hier aus alles im Visier.«

»Kontakt! Zwei hinter dem –«

»Hab einen!«

»Bin schon wieder tot«, maulte Keule.

Helen hörte kaum, wie ihr Vater nach Hause kam. Später saß er im Zimmer, ganz leise, und sah ihr einige Minuten lang zu. Was er noch nie gemacht hatte. »Spiel nicht so lange, ja?«

Sie nickte, ohne den Blick vom Bildschirm zu nehmen.

»Schlaf gut«, sagte er. Ein Kuss auf den Kopf. Sie nahm ihn ganz genau wahr und wurde deswegen auch von einem gegnerischen Scharfschützen ausgeschaltet.

Irgendwann war Keule weg. Dann Edgar. Dann auch Uwe:

»gg. bis morgen«

Helen hatte derweil die letzten ihrer Echtweltspeicherpunkte verschwinden sehen. Die Information flackerte immer wieder in ihrem Verstand auf. Es war draußen jetzt wieder stockdunkel und ihr Bildschirm das vertraute Fenster in eine andere Welt. Sie war in ihrem Zen-Modus gewesen. Die Blitze des Abspeicherns waren ihr kaum aufgefallen. Es gab keinen Grund, sie zu nutzen.

Und jetzt:

Dir verbleibt noch 1 Speicherpunkt!

Es war ihr eigenartig gleichgültig.

Dir verbleiben noch 2-mal neu laden!

Von ihrem Kernteam waren nun nur noch sie da und –

[nikita hari] hannes?

Sie hatte keine Lust mehr auf sein Schweigen. Er reagierte erst nach einer Minute.

[digitalanimalhannibal] yo?

Aber immerhin, er reagierte.

[nikita hari] tut mir leid

Wieder gab es erst keine Reaktion. Sie kroch hier zu Kreuze, und er –

[nikita hari] okay?

Dann bekam sie eine SMS. Wahrscheinlich einfach nur, um noch einmal ihre Vorstellung vom Zufall zu erschüttern. Die war ja eh schon desolat.

Es war eine Nachricht von Georg:

»möchte mich entschuldigen«

Das war also heute: Der Tag der Entschuldigungen.

Dann gleich eine zweite:

»wegen der wette«

Einen Augenblick überlegte Helen, ob sie ihm überhaupt antworten wollte, aber dann dachte sie an das, was Hannes hier gerade abzog.

»dann mach das mal«, tippte sie. Ein bisschen zu P.H.-mäßig schon wieder. Sie musste ernsthaft aufpassen, nicht völlig zu verzicken. Aber sie schickte sie trotzdem ab

Dann schaltete sie das Handy aus. Zeit, die Systeme runterzufahren, zumindest an dieser Front, dachte sie. Georg würde sowieso in ihrem Kopf rumspuken. Das genügte. Vielleicht sogar noch öfter als vorher. Allerdings auf ganz andere Art jetzt.

»Was war denn heute mit dir und P.H. los?« Das war Hannes' Stimme in ihrem Kopfhörer. Na endlich. Natürlich fragte er auf diese Art eigentlich danach, was mit ihr heute los gewesen war. Keine ganz unberechtigte Frage, das musste sie zugeben.

»Sie wurde mir einfach zu viel. Du weißt ja. Manchmal kann sie echt nerven mit ihrem Gemecker und Geläster. Und überhaupt.«

»Mh.«

Das hieß wahrscheinlich übersetzt: *Und ich auch?*

Worauf die Antwort eigentlich lauten müsste: *Oh Gott, ja, so was von!*

»Ich werde in Urlaub fahren«, sagte Helen stattdessen.

Sie spielten jetzt wieder. Ihr Team bestand nun ausschließlich aus Leuten, die nicht zu ihrem Freundeskreis gehörten, die aber alle ihren Platz kannten und die richtige Strategie für die Map beherrschten. Sie spielten ebenfalls im Zen-Fluss. Willkommene Kurzzeitfreunde. Eine digitale Art von One-Night-Stands.

»Schön. Wohin geht es denn?«

»Weiß noch nicht.«

Irgendein besonderes Ziel sollte es schon sein. Nicht nur Strand. Nichts gegen Strand, aber wenn schon, denn schon. Etwas Neues. Mehr neue Erfahrungen. Mit mehr Spielräumen, mehr Möglichkeiten. Man konnte sich gewöhnen, an diese Möglichkeiten.

»Mit der Familie?«

»Nein. Allein, glaube ich.« Da war sie sich sogar sehr sicher. Darum ging es irgendwie.

»Und wer bezahlt das? Du hast doch nichts.«

Was absolut stimmte. Normalerweise. Bis heute Morgen.

»Jetzt schon.«

»Ach? Hast du was geerbt?«

»Ne. Was gewonnen.«

»Willst du mich veralbern? Wie? Vor allem: Wie viel?«

Hannes war wahrscheinlich der Einzige, dem sie es sagen würde. Dem sie es sagen konnte.

Aber erst machte sie noch eine dramatische Pause. Erst dann sagte sie:

»Zehntausend.«

Als sie am Morgen zum dritten Mal geladen hatte, war sie sofort in die Küche gegangen und hatte zuerst das Radio sehr leise gestellt, so leise, dass man den Moderator oder mögliche Anrufer nicht mehr verstehen konnte. Mit der Begründung: »Nervmukke.«

Dann hatte sie einfach vor der ursprünglichen Gewinnerin angerufen. Es hatte beim ersten Versuch funktioniert. Sie wurde durchgestellt. Der aufgedrehte Moderator hatte nur etwas von seiner üblichen Begeisterung verloren, als sie fast kühl die Nachricht entgegennahm, dass sie gewonnen hatte.

Naja, es kam eben nicht unbedingt überraschend.

»In echt jetzt?« fragte Hannes.

»In echt. Ganz und voll.«

Auch wenn ihre Eltern sich sicher wundern würden, woher sie das Geld nahm, um damit zu verreisen, hatte sie nicht vor, es ihnen zu erklären. Sie hatten alle ihre Geheimnisse. Mehr als das womöglich. Also. Wer durfte in dieser Familie schon mit Steinen werfen?

»Ich muss hier mal weg, weißt du? So für länger. Wohl für den ganzen Sommer.« Das war ein Gedanke, der ihr erst jetzt kam. Aber es fühlte sich richtig an. Es war nötig. »Die nerven mich alle so.« Vielleicht noch länger, wenn sie es einrichten konnte …

»Wer nervt dich?«

»Alle.«

Da war schon wieder so eine bedeutungsschwangere Stille am anderen Ende.

Heul doch!, dachte sie wieder.

»Die mögen dich nur«, sagte Hannes zu ihrer Überraschung.

»Ja-ha.«

Vielleicht nerve ich mich auch nur selber.

»Sag mal, weißt du, wie du aussiehst? Ich meine – wirklich. Was du für eine Wirkung auf andere hast?« Er klang jetzt eigenartig selbstsicher. Das war verwirrend.

»Ich weiß, wie ich aussehe«, antwortete sie pampig. Und eben dieses Aussehen nervte. Darum geht's ja.

»Du weißt aber wohl echt nicht, was für eine Wirkung du hast. Ich meine …«

Hannes hielt kurz inne. Sogar sein Avatar stand für einen Moment still. Mitten auf dem Schlachtfeld, nur halb in Deckung.

Aber da war etwas, das aus ihm rausmusste.

»Okay, ja, sicher, jeder holt sich auf Tita einen runter, jeder Junge, wahrscheinlich auch jedes zweite Mädchen.« So hatte sie Hannes noch nie reden hören. Sie fragte sich das erste Mal, was er wohl für einen Tag gehabt hatte. Unabhängig davon, wie sie mit ihm umgegangen ist. »Aber in dich sind alle verliebt.«

Wenn das so wäre, dann wäre das ein Grund mehr, abzuhauen, dachte sie.

»Weil du so … so kokettierst. Weil du dich versteckst. Was alles noch viel, viel schlimmer macht, als wenn du einfach nur so aussehen würdest, wie du aussiehst.« Er klang jetzt fast aggressiv.

Letzter Speicherpunkt erreicht …

Das war es jetzt, dachte sie noch.

Aus und vorbei.

Jetzt musste sie die Welt wieder nehmen, wie sie kam.

»Jeder mag dich«, sagte Hannes. »Warum magst du dich nicht selbst?«

SPIELSTAND GESPEICHERT

Warum mag ich mich nicht selbst?

Gute Frage.

Ja, warum?

Dir verbleiben noch 2-mal neu laden.

Sie schwiegen beide. Jetzt bewegte sich auch ihr Avatar nicht mehr.

Sie starben beide, gleichzeitig.

Kopfschüsse.

»Ich liebe dich«, sagte Hannes in diesem Augenblick.

Nein.

Das durfte er nicht sagen.

Oh nein, das durfte er ihr nicht gestehen.

Er durfte es einfach nicht!

Nein. Das würde alles zwischen ihnen zerstören.

Endgültig.

Sie entschied sich im Bruchteil eines Blinzelns –

Letzter Spielstand wird geladen …

Kein Zögern – »Du bist mein bester Freund«, sagte sie sofort. Das war ihr selbst erst jetzt klargeworden. Gerade eben. Dafür aber ganz deutlich. »Weißt du das?«

»Ich. Nein.« Leiser dann: »War mir nicht sicher.« Als wäre das schon eine anmaßende Bemerkung.

Helen nickte, auch wenn er es nicht sehen konnte. Das Nicken war für sie selbst gedacht. »Es tut mir auch leid mit heute. Echt. Wollt dich nicht so blöd anfahren. Und … und überhaupt.«

Es war wieder eine kleine Pause nötig, bis Hannes reagieren konnte. Was klarging.

»Okay.«

Ein Teil von ihm überlegte sicherlich immer noch, ob er es ihr gestehen sollte. Jetzt, wo er seinen Mut zusammengenommen hatte. Große Reden schwang. Wo er endlich so dicht davor war, es ihr einfach zu sagen, es zu tun und zu sehen, was passieren würde.

Das durfte er nicht –

»Kino morgen?«, fragte sie also schnell.

»Ja. ... Klar, okay. Gern.«

»Spielen wir trotzdem noch ein bisschen?«

Jetzt hatte er seine Stimme wieder im Griff. »Klar.« Klang normal. Helen atmete durch.

Hilfe, dachte sie. Das war knapp gewesen.

Ihr kam ein eigenartiger Gedanke.

Vielleicht war es ja so, dachte sie, vielleicht war sie heute die Spielfigur von jemandem gewesen. Einer Entität. Einem höheren Wesen. Das Helen 2.0 zockte. Eine Teenager-Simulation. Vielleicht wurde sie gespielt und gesteuert. Vielleicht saß diese Entität in einem Rollstuhl. Oder vielleicht nicht mehr.

Und vielleicht bildeten sich ja auch ihre Avatare ein, sie würden leben. In all den verschiedenen Games. Wie ging es denen wohl, die sie steuerte? Steuerte sie ihr Leben gut?

Ob dieses Leben nun wenige Minuten oder Hunderte Spielstunden dauerte ...

Komische Vorstellung.

Aber es könnte ja sein. Diese Helen war womöglich nur eine hübsche, kokette Fantasiegestalt, dachte sie. Ordentlich animiert, in top Grafik. Sie hoffte, dass ihr höheres Wesen sein Spiel gewonnen hatte. Oder zumindest eine gute Zeit hatte.

Dann erschien die letzte mentale Botschaft.

Dir verbleibt noch 1-mal neu laden!

Erst jetzt begriff sie, was das bedeutete.

Ihr Körper kribbelte plötzlich intensiver als bei all den Blitzen des Tages. Als mit Georg. Fast so, als würde er einfach platzen wollen.

Einmal neu laden.

Sie konnte hier wieder anfangen.

Wann immer sie wollte.

Ihr rutschte der Controller aus der Hand.

Was würdest du tun, wenn du zwei Leben leben könntest?

Würdest du das Erste anpacken, mit beiden Händen? Es dir nehmen und alles tun? Die Welt würde dir gehören. Jedes Extrem und jedes Risiko stünden dir offen. Mehr Freunde und Liebhaber, mehr Georgs als jede andere haben. Sie alle um den Finger wickeln. Sie konnte mehr wagen. Berge ersteigen, Pole entdecken, in allen möglichen Ekstasen baden … Alles ausprobieren. Jede Arbeit, jede Fantasie, jede Droge. Vielleicht nur um zu wissen, was sie wirklich von sich will und vom Leben. Sie würde Nez sein, jeden

Tag, freiwillig. Mit der Reise in diesem Sommer würde sie anfangen. Nur ein erster Schritt. Ihr Startkapital war ausreichend für dieses erste Abenteuer, und der Rest wurde sich finden …

Und das zweite Leben dann?

Wie würdest du das angehen wollen? First things first? Vielleicht wäre es eines mit Kindern, dieses Mal. Sie könnte heiraten und in der Sicherheit seiner Liebe leben, die Familie wäre groß und lärmend. Vielleicht wäre sie dann ganz Zen. Das Haus am See. Hund, Katze, Hamster. Ein Pool, groß wie in einer Schwimmhalle. Denn ihr Startkapital würde wachsen. Sie würde ja wissen, wo sie investieren musste. Wie sie ihr Kapital wachsen lassen konnte, um sich um so etwas keine Sorgen mehr zu machen.

Vielleicht wäre sie aber auch noch immer gierig? Nur ein Leben könnte doch kaum reichen, um alles zu kosten, was der Planet ihr anbietet.

Vielleicht sollte sie, ganz konzentriert, fünf, sechs akademische Grade erwerben. Unter anderem einen in Raumfahrttechnik. Danach würde sie alle nötigen Tests bestehen und sich in den Orbit schießen lassen. Sie würde um die Erde kreisen. Zum Mars fliegen.

Ihn besiedeln …

Wie ging das antike Lied doch gleich?

»… one life for your dreams – and one for yourself.«

Möglichkeiten.

Ja.

Helen würde sich dieses letzte Laden aufheben. So lange wie sie wollte. Vielleicht bis sie hundert Jahre sein wird. Dann wird sie noch ein letztes Mal neu laden.

Sie wird eines Tages noch mal hier neu anfangen.

Genau an diesem Punkt, in diesem Moment.

Eine kurze Sekunde lang bereute sie es, dass es jetzt nur noch diese eine Chance gab, das zu tun. Aber die würde reichen müssen. Sie würde reichen. Sie hatte all die Jahrzehnte, um für den zweiten Durchlauf zu lernen.

Wenn sie ihn denn wollte.

Aber wie könnte sie ihn nicht wollen?

[digitalanimalhannibal] »Nächster Versuch?«

[nikita hari] »Los geht's!«

Der Bildschirm wurde heller. Helen nahm ihren Controller wieder in die Hand.

Ihre beiden Spielfiguren waren bereit zum Respawn. Die nächste Runde auf der Karte ihrer Wahl begann in – 5 … 4 … 3 … 2 …

[digitalanimalhannibal] »gg!«

[nikita hari] »gg!«
Helen saß ganz gerade.
Dann spielten sie weiter.

DANKSAGUNG

Ich möchte der Villa Decius Association und der Stiftung für Deutsch-Polnische Zusammenarbeit danken. Große Teile dieses Romans sind während des Stipendiums in Krakau entstanden.

Doch vor allen danke ich Rusalka Reh.

Christian K.L. Fischer
Berlin, Februar 2015

QUELLENNACHWEIS

S. 5 aus: Dan Simmons, ENDYMION, Heyne Verlag 2014.

S. 145 aus: Cordwainer Smith, WAS AUS DEN MENSCHEN WURDE (Erzählung »Unter der alten Erde«), Heyne Verlag 2011.

Melissa Keil

Der Beweis, dass es ein Leben außerhalb meines Zimmers gibt

384 Seiten, ISBN 978-3-570-30932-2

Sam Kinnison ist ein Geek, und glücklich. Er liebt Horrorfilme, seine Nerd-Freunde, World of Warcraft – und solange Prinzessin Leia nicht höchstpersönlich in seinem Zimmer auftaucht, sind ihm Mädchen ziemlich egal. Dann trifft er Camilla. Camilla ist wunderschön, unglaublich nett und wird in seinem Leben absolut keine Rolle spielen, denkt Sam. Doch Camilla sieht das anders. Sie wäre gern die Hauptdarstellerin in Sams Leben. Und das führt nicht nur in Sams Drehbuch zu einigem Durcheinander, sondern stürzt die gesamte Clique in ungewohntes Chaos ...

30137

www.cbt-buecher.de